romance espírita

CINCO MINUTOS

EDITORA EME

Solicite nosso catálogo completo, com mais de 350 títulos, onde você encontra as melhores opções do bom livro espírita: literatura infantojuvenil, contos, obras biográficas e de autoajuda, mensagens espirituais, romances palpitantes, estudos doutrinários, obras básicas de Allan Kardec, e mais os esclarecedores cursos e estudos para aplicação no centro espírita – iniciação, mediunidade, reuniões mediúnicas, oratória, desobsessão, fluidos e passes.

E caso não encontre os nossos livros na livraria de sua preferência, solicite o endereço de nosso distribuidor mais próximo de você.

Edição e distribuição

EDITORA EME

Caixa Postal 1820 – CEP 13360-000 – Capivari – SP

Telefones: (19) 3491-7000 | 3491-5449

Vivo (19) 9 9983-2575 | Claro (19) 9 9317-2800

vendas@editoraeme.com.br – www.editoraeme.com.br

ISABEL SCOQUI

romance espírita

CINCO MINUTOS

CAPIVARI-SP
– 2019 –

A Editora EME mantém o Centro Espírita "Mensagem de Esperança" e patrocina, junto com outras empresas, instituições de atendimento social de Capivari-SP.

1ª edição - abril/2019 - 3.000 exemplares

CAPA | André Stenico
PROJETO GRÁFICO E DIAGRAMAÇÃO | Marco Melo
REVISÃO | Daniel Rodrigues de Camargo

Ficha catalográfica

Scoqui, Isabel, 1954
Cinco minutos / Isabel Scoqui
1ª ed. abr. 2019 - Capivari, SP: Editora EME.
160 p.

ISBN 978-85-9544-097-5

1. Romance espírita. 2. Lei de ação e reação. 3. Atendimento no centro espírita. 4. Reencarnação.
I. TÍTULO.

CDD 133.9

SUMÁRIO

RECADO AO LEITOR

CERTA VEZ, RELENDO O meu primeiro livro, *A cada conto um ponto*, fui inspirada a ampliar algumas histórias, por haver ali material a ser melhor explorado, então me propus a fazer esse trabalho, transformando contos em romances.

Este romance originou-se do conto denominado "Cinco minutos". Narra as dificuldades e resistências com que enfrentamos os embates da vida. Frequentemente, esquecemos que tudo o que nos acontece tem uma razão de ser, que somos regidos pela lei de causa e efeito e que, se não demos causa a um fato inabitual nesta encarnação, com certeza o fizemos em encarnações anteriores. Quando os acontecimentos alteram as nossas expectativas ou nossos planos, reclamamos e ficamos revoltados, mas não devemos agir assim porque o acaso não existe. E, se não existe acaso, há sempre uma causa agindo deliberadamente para nos desviar, retardar, ou nos dar sustentação em certas circunstâncias pelas quais precisamos ou não passar.

Sabemos que, antes de encarnarmos em um novo corpo, aceitamos provas difíceis como a deficiência, a pobreza, relacionamento com desafetos e outros problemas de variadas nuances. Entretanto, uma vez imersos no véu do esquecimento, é muito custoso arcar com nossos impedimentos, frustrações, enfermidades, o que nos impele a viver num enorme grau de frustração, deixando a desejar na avaliação de como enfrentamos nossas provas.

Não nos esqueçamos, também, que vivemos num planeta ainda muito inferior, de expiações e provas e, que se viemos viver aqui, estamos de algum modo vinculados e sujeitos a essa inferioridade. Lembremos que tudo tem a sua razão de ser. Se uma causa pudesse acontecer acidentalmente, isso fugiria ao controle Universal da Lei de Deus. No entanto isso não é possível, uma vez que tudo só acontece com a permissão do Pai, pois Ele é onisciente (sabe tudo).

Neste livro, vamos encontrar as causas que levaram os personagens a vivenciar determinados acontecimentos, revelando delitos cometidos em encarnações anteriores, passíveis de reajuste num futuro próximo. Verificaremos também a presença da espiritualidade, acompanhando e interagindo com os fatos da vida, auxiliando nos momentos de provação, para que o trabalho regenerador possa ter êxito.

Os personagens são pessoas falíveis, como todos nós, moldando-se nas forjas do tempo e da experiência e, como diria o instrutor Souza Mattos, "ontem eram só carvão, hoje transformam-se em diamantes".

Então, espero que a leitura seja útil e agradável e que, além de entretenimento, você se encontre com os nobres ensinamentos da doutrina espírita.

Capítulo I

MENINA QUASE MOÇA

HOUVE UM TEMPO EM que as palavras saídas da boca de um homem poderoso tinham a força de lei. Os mais fortes ditavam e os mais fracos obedeciam sem contestar, sem ter a quem recorrer. Esses fatos se passaram naqueles dias.

Dona Mariana lavava roupa na tina quando escutou o tropel dos cavalos ao longe. Transida de medo, foi logo trancar as crianças no quarto. Era a tropa do coronel Serapião que chegava. As crianças tremiam de susto, pois tinham ouvido dizer que ele era um homem muito violento. Rosina, que era a maiorzinha, entendia melhor a situação. Não que os adultos contassem. Mas ela juntava um pedaço de prosa aqui, outro acolá. Enfim, sabia que seu pai devia para o coronel. E certamente, o homem vinha cobrá-lo. Sabia também que seu pai não tinha meios de honrar o compromisso. Então, chorava e pensava no pior.

Não demorou, os peões desmontaram e um homem subiu os degraus da varanda, batendo os pés. Era moreno claro, forte, estatura mediana. Tinha a testa franzida e uma frieza incomparável nos lábios finos e nos olhos claros. Levava na mão o temido chicote. Esse homem era o coronel Serapião.

Realmente, viera fazer a cobrança, o que fazia aos berros. Do quarto, só se ouvia sua voz.

- Como? - gritava. - Já lhe dei seis meses de prazo. Não conseguiu levantar nenhum dinheiro nesse tempo todo? O que fez com os bezerros que te vendi a preço de banana?

Sebastião, o dono da casa, respondia timidamente e, de lá, não dava para entender o que dizia.

- Meu gado não tem essa febre, como é que o seu teve? Morreram assim? Não acredito! Está querendo me enganar? Não! Ninguém me engana!

Sebastião se retratava baixinho e lá vinha outro palavrório:

- Hoje vim buscar o que é meu e vou levar. Quero algo de valor. Você conhece os meus costumes... Se não paga de um jeito, paga de outro...

O dono da casa falou mais alguma coisa e um silêncio profundo se seguiu.

As crianças tinham os rostos colados na porta, na tentativa de ouvir melhor. Ficaram ainda mais na expectativa depois que tudo se aquietou.

Dona Mariana adentrou o quarto. Tinha os olhos vermelhos de chorar. E chamou Rosina.

– O que foi, mãe? – perguntou a menina, querendo entender.

Mas a mãe fez sinal para que ela se calasse, levando o dedo indicador aos lábios. Pegou a filha pelo braço e dirigiu-se à varanda.

Rosina experimentou, pela primeira vez, o olhar ardente de Serapião. Aos doze anos, entrava na adolescência. Magrinha, alta, de pernas finas, começava a apresentar as primeiras mudanças corporais.

O coronel acercou-se dela. Mandou que abrisse a boca e lhe examinou os dentes, passou-lhe a mão nos cabelos. Depois de analisá-la lentamente, declarou que iria ficar com ela. Sem demora, chamou um peão e deu a ordem:

– Arranje alguém pra levar a cabrita na garupa. Quero chegar em Serra dos Milagres antes do anoitecer.

Dona Mariana apareceu na porta com uma trouxa nas mãos. Acercou-se de Rosina e cochichou-lhe ao pé do ouvido:

– Pegue aqui os seus pertences, a cabrita é você, ele vai levá-la...

A menina tentou uma reação, mas dona Mariana tapou-lhe a boca e sussurrou:

– É só por dois ou três anos, depois ele enjoa e você fica livre.

Apesar da falta de recursos e educação, Rosina tinha o raciocínio rápido. Logo entendeu que fora dada como pagamento da dívida e que iria embora para longe dos familiares. Pediu bênção aos pais, abraçou os irmãos e se dispôs a partir. Ia esperançosa, na sua inocência, pensava que ia trabalhar na fazenda do coronel.

Apertada na sela, foi grudada nas costas suadas de um peão. Ia sonhando. Não se importava em trabalhar, isso já fazia em sua casa desde pequena. Experimentava um misto de tristeza e esperança. Triste por deixar a família, mas esperava uma vida diferente. Pensava que, na casa grande, poderia comer do bom e do melhor. Dormir num quarto com móveis bonitos, com um espelho bem grande e numa cama só dela...

Entardecia quando chegaram. Viu a sede da fazenda ao longe. Serapião mandou que a instalassem numa casinha de dois cômodos, distante da colônia. A mocinha logo se desiludiu, e chegou à conclusão de que a vida é muito diferente dos sonhos.

Durante o dia trabalhava na roça com os outros empregados. Por ser considerada a protegida do coronel, as mulheres olhavam-na com desprezo e os homens não ousavam encará-la. A solidão calava ainda mais à noite, quando ficava trancada na casinha, que alguns peões debochados chamavam "matadouro". A menina tinha muito medo de ficar ali, isolada. A única visita, que recebia, era o coronel, que vinha pela madrugada, para alimentar seu voraz apetite sexual, por isso, mal conseguia dormir.

Rosina detestava tudo aquilo. A princípio, gritava com todas as suas forças e tentava reagir, mas o homem era muito forte e a subjugava. Com o passar do tempo, ela foi conhecendo melhor o seu perseguidor. Se não podia derrotá-lo, resolveu tirar alguma vantagem daquela relação. Deixou de oferecer resistência e esmerou-se em fazer-lhe as vontades. Ao percebê-la mais dócil, ele passou a tratá-la melhor. Liberou-a dos pesados labores da roça e, às vezes, vinha visitá-la durante o dia. Parecia enamorado.

Os ares apaixonados do coronel não passaram despercebidos aos olhos de dona Veridiana, sua esposa. Ela sabia da existência das meninas, que sempre habitaram o "matadouro". Até então, aguentara calada, para não bater de frente com as arbitrariedades do marido. Mas, desta vez, ele passara dos limites. Não podia relevar mais, por isso resolveu enfrentá-lo.

Naquela tarde, assim que ele chegou em casa, a empregada o informou que dona Veridiana o esperava no escritório. O coronel estranhou. Naquele horário, ou a esposa dedilhava o piano ou ostentava o bastidor onde bordava iniciais em pontos de cruz. No escritório, encontrou-a sentada em sua cadeira, justo no lugar aonde ele tomava suas decisões e geria seus negócios.

Antes que o senhor da casa dissesse algo, dona Veridiana o encarou. Sabia que, se começasse com rodeios, perderia aquela batalha. Mas premeditara, sabia exatamente o que falar, então disse simplesmente:

– Mande a mocinha embora. Não há lugar para nós duas nesta fazenda. Soube que fez quinze anos, chegou a hora de mandá-la para o lugar aonde foram todas as outras.

Serapião foi pego de surpresa. Jamais poderia imaginar que sua esposa ousasse aquele tipo de atitude. Sentada em seu lugar, desafiava-lhe a autoridade, impunha-lhe condições. Desprevenido, as palavras fugiram-lhe da boca. Uma palidez mortal o paralisou. Seu gênio violento impelia-o a fazê-la calar ou clamar por clemência, ajoelhada aos seus pés. Porém, seu lado racional dizia para se controlar, não devia contrariar a esposa. Ainda que contra a sua vontade, o casamento precisava ser mantido. Tinha planos na política e não podia dar motivos de falatório à oposição. Além disso, seu sogro, Souza Mattos, era pessoa de confiança do Imperador e não podia abrir mão desse trunfo político por uma questão menos importante.

Era a primeira vez que alguém enfrentava o coronel sem que ele reagisse com violência. Sem dizer um A, ele simplesmente virou de costas e saiu.

Capítulo II

CASA DE MADAME VIVI

UM PEÃO BATEU NA porta da casinha. Rosina estranhou. Atendendo prontamente, o moço informou que fora buscá-la para um passeio. Como fizesse anos que não saía, um misto de curiosidade, insegurança e excitação tomaram conta dela. Queria saber para onde, por que, etc e tal. No entanto, por mais que indagasse, o homem não lhe deu atenção. Só se limitou a dizer:

– Senta aí na garupa sem demora. O coronel espera vosmecê na porteira. E sabe que ele num gosta de esperar...

Lá longe, dava para vislumbrar o coronel, já montado no cavalo. A moça suspirou de alívio. Na companhia do coronel se sentia mais protegida...

Anoitecia quando chegaram no arraial. Passaram ao largo das casinholas enfileiradas e prosseguiram mais uma légua. Percorrido esse trajeto, puderam, ao longe, ver o casarão.

Chegando mais perto, Rosina ficou estupefata. Nunca vira uma casa como aquela. A escada acabava entre dois pilares ricamente adornados. A varanda era cercada por madeira trabalhada, num conjunto de arabescos de encher os olhos. Imponente, o casarão cor-de-rosa ostentava grandes janelas brancas e portas escancaradas, que pareciam convidar quem quer que por ali passasse.

Serapião ordenou que esperassem ali fora. Entrou e logo voltou acompanhado por uma mulher de meia-idade. Vinham conversando como velhos conhecidos. A mulher estendeu a mão cheia de anéis e cumprimentou Rosina:

- Bem-vinda ao novo lar, cherry. Meu nome é Vincenza, mas gosto que me chame madame Vivi.

Rosina estava desconcertada. Era a primeira vez que via uma mulher de meia-idade usando vestido tão decotado e maquiagem exuberante. Não sabia o que dizer, então simplesmente sorriu.

- Belos dentes tem a sua pequena - elogiou a mulher. - Vou tratar dela como se fosse uma rainha!

O coronel não queria saber de mais conversa naquele dia. Estava contrariado, então simplesmente fez um gesto afirmativo, montou o cavalo e partiu.

Vivi tomou a moça pelo braço e a conduziu ao casarão. E falava sem parar:

- Rosina não, esse nome não tem glamour. Vou chamá-la Rosa, que é sempre bonita e cheirosa...

"Você deve saber, esta é uma casa de mulheres. Aqui, comemos e bebemos bem...

"Não se preocupe se muitos homens frequentam a casa, ninguém vai incomodá-la. O coronel mandou que reservasse um quarto só para você... e para ele, quando puder visitá-la.

"Você não precisa trabalhar como as outras, só manter o seu quarto limpo e arrumado. Use o seu tempo para se manter sempre bonita, menina!

"Vamos trocar essa roupa, que na minha casa ninguém anda malvestida! Cuide-se porque a juventude passa... Não vê a velha madame? Já fui linda e cobiçada por muita gente importante... Veja como vivo no luxo..."

Rosina recebeu roupas novas, chinelinhas luxuosas, maquiagem e muitos frascos de perfume. Madame Vivi ensinou-a como se comportar perante visitas ilustres, como tratar os cabelos, pele e unhas. Depois de algum tempo, quem não soubesse da origem da moça pensaria que ela já nascera altiva e cheia de etiquetas. O coronel ficou entusiasmado com a mudança e compensou ricamente a dona da casa.

Rosina logo se habituou à vida do prostíbulo. O tempo passara e ela já contava com quase vinte anos. Sabia que aquela vida não ia durar para sempre, então resolveu fazer "um pé de meia". Já que Serapião espaçara as visitas, resolveu atender a outros clientes. Chamou madame Vivi a um acordo: dar-lhe-ia quarenta por cento do que arrecadasse e o resto seria por sua conta e risco. Se houvesse algum problema, assumiria sozinha, como se a madame de nada soubesse.

A cafetina era uma mulher ambiciosa e acabou não

resistindo ao novo trato. A jovem era bonita e sabia que muitos frequentadores a cobiçavam secretamente. A maioria conhecia a fama de Serapião e não ousava erguer os olhos para ela. Mas havia aqueles que gostavam de arriscar... Por outro lado, Serapião andava meio sumido e eram grandes suas despesas com a moça...

Rosina tinha traçado seus planos. Em quatro anos, teria amealhado um bom capital, então fugiria dali para bem longe...

Dois anos se passaram sem novidades, mas certo dia aconteceu o pior. Serapião veio sem avisar e flagrou a concubina nos braços de outro. O homem cuspiu fogo. Quando ficava irado, nada o segurava. Destruiu o quarto todo, espancou gravemente o jovem ali surpreendido e levou Rosina, aos trancos, de volta à fazenda.

A casinha estava desabitada há muito tempo. Cheirava a bolor. Teias de aranha se estendiam por todo lado e havia muita poeira. Era ali, que ela, por castigo, voltaria a habitar. Para que não fugisse, determinou que seu fiel capanga, um homem conhecido por Sem Nome, a vigiasse dia e noite.

Capítulo III

SEM NOME

VOCÊ DEVE ESTAR SE perguntando: por que alguém chamaria Sem Nome? É simples. Quando ele chegou por aquelas bandas, todos estranharam o seu jeito esquisito. Estava bem machucado, apresentava lesões por todo corpo e tinha um grande corte no lábio superior. Por causa do ferimento na boca, quase não falava. Ao perguntarem como se chamava, ele fazia um muxoxo e soprava algo indefinível. Talvez o machucado da boca não lhe permitisse articular bem as sílabas. Ninguém ousava imitá-lo, temendo que pensasse que estavam caçoando dele. Assim, as pessoas ficaram sem saber como chamá-lo. Certa vez alguém o apelidou de Sem Nome. Foi assim que ele passou a ser conhecido. Sem nome e sem identificação. Então, ficaram por esclarecer: o seu nome, de onde viera e o que fazia ali.

Quando chegou, Serapião examinou-o com olhos argutos. O jovem tinha braços e peito fortes, as mãos eram calejadas, indício de que trabalhava no pesado. Montava um cavalo baio, que conduzia com segurança. Na cintura, um facão de lâmina afiada. Queria trabalhar. Logo suspeitaram que ele fosse um foragido da justiça. Era habitual que criminosos comuns procurassem refúgio em lugares distantes. E, como normalmente eles não causavam rebuliço, viviam como se nada tivesse acontecido, com o segredo trancado no peito, ele foi contratado.

É óbvio que ele tinha nome e história, mas isso vamos tratar depois.

Continuando nossa narrativa, Sem Nome recebeu ordens para alimentar a prisioneira dia sim, dia não. Arroz e feijão, só. Um copo de água por dia. O coronel queria castigar, não matar.

Acontece que esse jovem, aparentemente bruto, também tinha coração. Inicialmente, ficara penalizado, vendo aquela moça tão bonita sofrendo daquele jeito. Então começou a repartir seu alimento com ela, além de trazer furtivamente algumas frutinhas.

Rosina tornara-se uma jovem maliciosa. Aprendera certas coisas quando vivia no prostíbulo. Não demorou para perceber que o carcereiro gostava dela. Quis tirar vantagem e foi se insinuando devagar. Um toque ali, uma palavra mais terna acolá. Seu método funcionou e logo ficaram íntimos.

É certo que outros empregados vigiavam a casinha, talvez por mera curiosidade. E o fato de Rosina e Sem Nome começarem um relacionamento apimentado não passou despercebido.

Julião, o mais velho da turma, chamou Sem Nome de lado e o avisou de que certo colega tencionava denunciá-lo. E quando o patrão soubesse daquele relacionamento, ia ficar uma fera. Aconselhou-o a se afastar dali, o mais depressa possível, para evitar uma desgraça, pois o homem não era brinquedo. Naquela mesma noite, Sem Nome montou seu cavalo baio e desapareceu.

Capítulo IV

EM FUGA

LOGO AO RAIAR DO dia seguinte, Serapião apareceu na casinha. Queria saber do paradeiro do seu capanga e Rosina não soube dizer, pois não tinha ideia do que estava acontecendo.

Pela reação do coronel, ela percebeu que não se tratava de boa coisa. O homem espumava em sua raiva, parecia querer linchar o camarada. Então, ela teve certeza de que perdera seu aliado e que Sem Nome provavelmente não voltaria. Isso a aborreceu, porque temia passar fome de novo.

A moça ficou remoendo o acontecido pelo dia todo. A ideia de que o coronel houvesse descoberto o seu romance com o peão a assustava. A cada hora que passava, mais tinha certeza. A fome e a possibilidade de enfrentar sozinha a ira do coronel foram excitando a sua imaginação e ela entrou em pânico. Resolveu fugir. Sairia à tardezinha, horário em que os peões se recolhiam, cansados da labuta do dia. Não desconfiou do fato de Serapião não determinar que alguém a vigiasse. Imaginou que ele estivesse de cabeça quente e não pensasse nesse detalhe. Esse era um motivo a mais para safar-se o mais depressa possível.

O sol já declinava no horizonte, quando Rosina saiu. Havia dois caminhos a tomar: um seguia pela estrada que dava na sede da fazenda, outro pegava um caminho que ia dar na borda do rio. Escolheu esse, porque tencionava chegar à outra margem do rio antes que escurecesse. Com muita sorte, encontraria uma canoa atracada ali, o que facilitaria a fuga...

Rosina andava depressa, olhava para trás e para os lados temendo ser flagrada ou seguida. Enfim conseguiu chegar, esbaforida, na beira do rio. Mas qual não foi a sua surpresa! Serapião a esperava, sentado tranquilamente num bote.

Ao vê-lo, a moça tentou correr, mas logo foi alcançada e arrastada, pelos cabelos, até a casinha. Ali, o coronel esbofeteou-a e quanto mais batia, mais se empolgava. Deixou o rosto da jovem em carne viva, mas ainda não era suficiente. Antes de sair, golpeou-lhe a perna esquerda, fraturando-a em vários lugares.

– Quero ver você fugir, aleijada! – rosnou lá de fora.

Quando Rosina se recobrou do desmaio, deu de cara com a Sebastiana. A preta velha morava ali nas redondezas. Era conhecida por fazer benzimentos, também era parteira e seguindo as instruções, pusera uma compressa de ervas cicatrizantes no lado macerado da face. Tratara a perna como fazia com os bezerros acidentados: tentara colocar os ossos no lugar, amarrando bem a uma canaleta de bambu com muita erva-de-santa-maria. Com muita paciência, fez a moça engolir um tanto de sopa de fubá, o que lhe daria certo alívio ao estômago.

Mãe Bastiana vinha todos os dias e seu mentor espiritual vinha junto. Com o tempo, as feridas fecharam. Sem maiores reursos de tratamento, a moça se recuperou sem nenhuma infecção, porém ficaram as cicatrizes desagradáveis, sequelas estéticas sem prejuízo funcional. Os ossos da perna soldaram, mas Rosina ficou coxa.

Três coisas marcaram a ferro e fogo a alma de Rosina. Jurava vingança por ter sido "vendida" pelos seus pais, ser violentada em plena infância e pelas marcas daquela surra, que lhe restou face defeituosa e o aleijão na perna esquerda.

Capítulo V

VINGANÇA

ARISTARCO ERA UM HOMEM pacato. Dono do único armazém do povoado servia a comunidade sempre com uma boa palavra e um sorriso no rosto. Por isso era muito estimado. Mas, há um bom tempo, mudara de ares. Ficara cismarento, soturno. Passou a servir os fregueses como quem faz por obrigação. Nenhuma palavra acompanhava a mercadoria ali comprada. As pessoas respeitavam porque sabiam que ele estava passando por uma má fase.

Desde que seu filho Armando fora espancado no prostíbulo, uma nuvem negra de desgosto caiu sobre a família. O fato provocara muitos sentimentos desencontrados: vergonha, indignação, dó, ódio e o que é pior, desejo de vingança. A ideia de revidar a afronta foi fermentando nos pensamentos do homem. Sabia que seu filho não deveria frequentar esses lugares, mas o coronel não tinha direito de fazer o que fez. Por essa razão, ele haveria de pagar caro por isso...

Toda vez que Aristarco visitava o seu filho, seu sangue fervia. Ver aquele jovem apodrecendo na cama, por conta de uma agressão, era demais! Logo o seu filho mais inteligente e para quem previa um futuro brilhante! O moço tivera uma fratura no crânio. Só o tempo mostraria quais seriam as consequências daquela surra... Podia levantar dali e se recompor, ou tornar-se dependente, mergulhado numa vida vegetativa para sempre.

Já dissemos que Aristarco servia e conhecia toda população local. Conhecia os bons e os maus...

Lá para o lado do Morro das Seriemas morava um caboclo que, diziam os boatos, era foragido da justiça, matador profissional. Os outros cabras, andavam por ali com a lâmina afiada na cintura. Porém, Bertão não dispensava a arma de fogo, coisa de gente que não briga corpo-a-corpo, mas que despacha de vez.

E, naquele dia, o tal sujeito foi ao armazém comprar mantimentos. Aristarco achou que aquela visita era providencial. Serviu o homem e, antes de fechar a conta, chamou-o ao fundo do galpão para uma conversa reservada.

– Você sabe que sou um comerciante. Pessoa de natureza mole, não sou capaz de matar uma galinha...

– Todo mundo sabe que vosmecê é gente boa, da paz...

– Você também sabe o que aconteceu com o meu filho Armando na casa da madame...

- Tenho ouvido falar...

- Acabou com a vida do menino. Não posso deixar barato, não fazer nada. E como não sou capaz...

- Você quer que alguém faça o que precisa ser feito...

- É isso, eu quero...

- Encontrou quem vai fazer. Faz tempo que tenho gana desse coronel de meia-tigela...

- Então me diga quanto custa.

- Depois do feito tenho que me escafeder daqui. Uns quatro contos de réis vai me aliviar...

- Quer adiantamento?

- Não, só recebo depois de feito. Quero também um bom cavalo selado, cavalo corredor, o meu já tá meio velho.

- Combinado.

E selaram o plano apertando as mãos.

Capítulo VI

EMBOSCADA

ERA MADRUGADA. DONA VERIDIANA acordou com um barulho na janela. Nessas alturas, Serapião já estava em pé. Pouco tempo depois, novo ruído, parecia uma pedrada. O coronel pegou a espingarda e saiu para ver o que estava acontecendo.

Pouco depois, a dona da casa escutou um estampido, provavelmente um tiro de arma de fogo. Deve ser algum animal, pensou. Mas o marido já devia ter dado um jeito. Como estava muito sonolenta, virou-se de lado e adormeceu.

O dia já raiava. Um súbito vozerio dos empregados acordou a fazendeira. Dona Veridiana percebeu que o marido não dormia ao seu lado, provavelmente levantara mais cedo. Foi quando Naná, a mais antiga empregada da fazenda, bateu insistentemente na porta do quarto.

– Sinhá, sinhá... Pelo amor de Jesus Cristo, venha ver o que aconteceu...

Havia um misto de susto e pavor na voz da velha. Veridiana vestiu um roupão e saiu.

– Por Deus, Naná, o que está acontecendo?

– É o coronel, patroa.

– E o que tem o coronel?

– Vem cá pra senhora ver com os próprios olhos...

Veridiana desceu desconfiada. Serapião deveria ter aprontado uma das suas... Mas qual não foi a surpresa quando o encontrou estatelado na varanda. Tinha a camisa de dormir ensopada de sangue, levara um tiro no peito.

– Vamos, façam alguma coisa! – gritou a dona da casa. – Levem-no para dentro!

Os peões obedeceram imediatamente. Porém, era tarde demais. Serapião deixara este mundo já há algumas horas.

Nessas alturas, Bertão já ia longe...

A fazendeira mandou buscar o padre. Enviou várias mensagens aos parentes. Estava tão chocada, que não sabia como proceder numa situação dessas! Sentia-se sem chão. Aprendera a viver sem contestar, era o marido quem decidia tudo. Ela era só um bibelô, que ele exibia nos encontros familiares, uma peça no xadrez do jogo político... O gênio forte do marido não a encorajava a desafiá-lo, então ficara em segundo plano.

Mas agora estava viúva, livre daquele gênio do mal que a constrangia, que não permitia que ela tivesse pensamentos próprios, que se expressasse perante estranhos, que tornasse pública a sua arte. Em suma, teria de aprender a viver novamente. Sentia-se como se estivesse engaiolada, agora a porta da gaiola finalmente fora aberta, e ela não sabia para onde ir e nem voar... Talvez tivesse que criar novas asas e estava disposta a isso.

Veridiana vestiu seu vestido preto e esperou o fim do funeral. Enquanto as pessoas lhe davam os pêsames, ela ia respirando a proximidade de uma vida nova e ansiava por isso.

No dia seguinte, a fazendeira reuniu os peões para investigar a causa do homicídio. Alguém teria visto algo diferente? Ou comportamento suspeito? Algum desentendimento do coronel com alguém? Logo os peões lembraram da fuga de Sem Nome, havia boatos que ele fora o assassino. Fora isso, mais nada.

Veridiana, agora que estava livre da influência de Serapião, estava mais confiante em sua intuição.

- Para mim, Sem Nome não está na lista de possíveis culpados. Era fiel ao patrão. Alguém aqui o viu fazer injustiça sem que tenha sido mandado?

- Não. Só mandado pelo patrão e olha lá... sempre encontrava um jeitinho de cumprir as ordens de maneira diferente...

- Usar arma de fogo?

- Não, não sabia e não gostava.

E para surpresa de todos, a fazendeira deu ordem final.

- Quero que o encontrem. Ele é um homem de confiança e será o meu capataz!

Capítulo VII

VIDA NOVA, VELHA VIDA

DONA VERIDIANA RESOLVEU FAZER algo que já deveria ter feito. Mandou um mensageiro à casinha. O peão levava uma encomenda para Rosina. A moça, muito curiosa, abriu imediatamente o envelope. Havia um bilhete da patroa e uma boa quantia em dinheiro. Porém, Rosina não aprendera a ler, então indagou ao homem o que significava aquilo.

– Coronel Serapião morreu na madrugada de ontem. Dona Veridiana quer que vosmecê vá embora. Mandou dinheiro pra que vá se arranjando no começo de outra vida...

Apesar de analfabeta, Rosina conhecia dinheiro muito bem. Logo pôde verificar que se tratava de uma boa soma, que daria para comprar uma pequena casa com um grande terreno ou abrir um pequeno negócio. Apresentava-se ali a oportunidade de dar uma guinada, para melhor, na sua triste vida. Se tivesse agarrado aquela oportunidade teria quitado grandes débitos adquiridos em encarnações anteriores. Sofrera o quanto fora necessário, passara pelo que tinha que passar.

Inicialmente, ficara empolgada com a fortuna recebida. Juntamente com o mensageiro, viera uma senhorinha desencarnada, muito luminosa e serena. Dona Mariquinha era a avó materna de Rosina. Aproveitando a emoção inicial do recebimento da considerável soma, a entidade enlaçou-a com carinho, soprou-lhe pensamentos salutares de estímulo e esclarecimento. Fê-la pensar que dias melhores despontavam, que deveria pôr uma pedra sobre o passado doloroso. Sentindo-se protegida, a moça parecia responder afirmativamente.

Mas, o desejo de uma vida saudável durou apenas cinco minutos. A cobiça começou a falar mais alto. Já não dava ouvidos à voz da sua consciência e se fazia indiferente aos conselhos de sua protetora. A experiência de quem viveu duras penas não lhe proporcionara compreensão ou aprendizado. Sempre pensando em ganhar mais e mais dinheiro. Examinou várias possibilidades, então resolveu voltar ao prostíbulo. Acreditava que ali obteria maiores ganhos. Com a morte do coronel, sentia-se livre para fazer o que bem entendesse.

Madame Vivi não queria recebê-la. Essa jovem só lhe trouxera dor de cabeça. Por sua causa, o coronel destruíra parte de sua mobília. Além de quase matar o seu freguês, o que repercutiu muito mal para o seu negócio.

Ao vê-la maltrapilha, as mocinhas gracejaram e torceram o nariz. Rosina enfureceu-se. Jurara, para si mesma que, daquele dia em diante, ninguém mais ia escarnecer dela. Num ato de fúria, adentrou a casa, exigindo que Vivi a recebesse e ninguém ousou contrariá-la.

Cara a cara com a dona da casa, exigiu explicações. Por que lhe negava acesso? Antes não fora objeto de lucro? Aliás, aproveitava a oportunidade para cobrar o que ela lhe devia. Saíra dali arrastada, sem roupas, sem dinheiro. Então, não foram parceiras?

Madame percebeu que a moça estava alterada. Era melhor colocar "panos quentes". Então, com calma aparente, resolveu negociar:

- Foram muitos os prejuízos, o coronel quebrou meus móveis, tive que providenciar outros, ficou bem caro, então você acha que ainda tem o que receber?

- A senhora devia ter cobrado do coronel, afinal foi ele quem lhe deu esse prejuízo...

- Vamos nos entender, o que você quer?

- Lugar para morar e só vou me relacionar com quem eu quiser!

- Ah, ah, ah! Não me faça rir... Acha que vai ter freguesia selecionada do jeito que está? Com essa cara amassada, manca?

O sangue subiu na cabeça de Rosina. Mas ela estava acostumada a conter a sua raiva.

- O que a madame pode fazer por mim? - perguntou, fingindo estar arrependida.

- Vou lhe dar algum dinheiro para que compre roupas decentes. Sabe que não suporto gente esfarrapada na minha casa! Dou uma semana para ficar aqui, para você se arranjar. Não mais que isso...

Vivi virou as costas, foi até um grande baú, retirou certa importância e entregou nas mãos de Rosina.

Passava das três horas da manhã quando Rosina entrou sorrateiramente no quarto de Vivi. A casa estava em total silêncio e as meninas já estavam dormindo. Rapidamente, pegou um travesseiro e apertou contra o rosto da mulher.

Vivi acordou abruptamente, sem entender o que acontecia. Contorcia-se e tentava agarrar-se a alguma coisa. Sufocada assim, não podia gritar por socorro, porque os sons ficavam abafados em sua garganta. Lutou o quanto pôde. A falta de ar foi-lhe extinguindo as forças e, depois de tanto se debater, teve um estremecimento e deixou a vida terrena.

Rosina apoderou-se de todo dinheiro que estava guardado no baú e voltou pé-ante-pé ao seu quartinho.

Naquele tempo, não havia meios de verificar a causa-mortis de alguém. Então, cada um dava a sua opinião, sem base. Especulavam se Vivi tivera um ataque cardíaco, derrame cerebral ou morte súbita. Seja como for, ninguém desconfiou que aquela morte fora criminosa. Houve choradeira na casa. As meninas ficaram desarvoradas, o que seria delas sem a madame? Qual seria o destino de cada uma?

Rosina aproveitou a situação. Como conhecesse o andamento das coisas por ali, logo assumiu o controle de tudo. Mandou fazer um enterro decente para a morta.

Decretou uma semana de luto, a casa não teria atividades nesse período. Chamou uma por uma as meninas e fez um acordo individual. A partir de então, a casa funcionaria sob suas ordens e direção.

Depois dessa lamentável ocorrência e com o passar do tempo, Rosina envolveu-se, cada vez mais, com entidades trevosas. Não bastasse o assassinato de Vivi, passou a explorar cruelmente as mocinhas e a alimentar, em seu coração endurecido, a revolta e o desejo de vingança. Jurava a si mesma que, mesmo na eternidade, sua família e Serapião pagariam muito caro, custasse o que custasse! E assim a sua vida se esvaiu sem amor, sem moral e sem decência.

Capítulo VIII

A VOLTA DE SEM NOME

A NOTÍCIA DE QUE dona Veridiana procurava Sem Nome, para reintegrá-lo aos serviços da fazenda, propagou bem rápido. O moço não tinha ido muito longe. Na fuga, levara um tombo do cavalo e precisara ficar amoitado por um tempo. Também não queria ficar longe de Rosina. Foi ele quem procurou a curandeira Bastiana, buscando auxílio para si. E foi a seu pedido que a velha foi tratar os ferimentos da moça.

Quando soube do boato que o procuravam, ficou com medo de retornar. Temia ser uma cilada, pois ficara sabendo do assassinato do coronel e poderia ser considerado o principal suspeito. Mas, logo depois, todos já comentavam o desaparecimento de Bertão, justo no mesmo dia do acontecimento, e todas as desconfianças recaíam sobre aquele. Então, resolveu retornar.

Dona Veridiana recebeu-o com alegria. Tinha certeza

de que, sozinha, não daria conta das atividades da fazenda. Não queria, no entanto, a intromissão dos parentes. Ela era esperta e sabia que, naquele tempo, as viúvas eram espoliadas e acabavam ficando com as mãos vazias. No mais, não tinha filhos a quem pudesse confiar os negócios. Seu pai já era um homem de idade avançada e tinha negócios longe dali. Precisava de alguém de confiança para ajudá-la a gerir os negócios.

A fazendeira fez única exigência: que ele esclarecesse pontos obscuros em sua história. Queria saber tim-tim por tim-tim da vida pregressa do moço. Ele coçou a cabeça, pigarreou e começou a contar:

- Nasci lá para as bandas do Rio Vermelho. Família pobre, mas muito unida. Meu pai tocava roça de feijão, arroz, milho. Criava galinha e porquinho. Vendia o pouco que sobrava do consumo, eram onze bocas na nossa casa. Eu era o mais velho dos nove filhos. A vida tinha começado a melhorar. Os mais crescidinhos já ajudavam o pai na roça. As meninas ajudavam a mãe nos serviços da casa.

"Eu tinha dezessete anos quando apareceu por lá um tal de Expedito. Isso coincidiu com uma grande seca. As plantas estavam esturricadas e o povo mal tinha o que comer. Então esse homem foi comprando uma terrinha aqui, outra ali, por um preço de banana. E a terrinha do meu pai ficou enfiada no meio das terras dele. Ele quis comprar, mas meu pai não queria vender.

"Até então, parecia um homem educado, mas era só aparência. Ficou muito zangado com a negativa do meu pai.

"Primeira coisa que o homem fez foi proibir nosso acesso ao riacho. Ficamos sem água por uns dias. Cavamos um poço e fomos vivendo. Todo dia o homem inventava um impedimento... A coisa foi ficando cada vez mais complicada.

"Numa noite, ele apareceu com um camarada. Ameaçou meu pai, se ele não vendesse a propriedade, ele ia tomar à força. Meu pai não é homem que se intimida. Disse que não ia mudar de palavra, que na terra dele sim é sim e não é não. Não queria vender.

"O homem mandou que o empregado botasse fogo na casa. Quando vi aquele peão fazendo fogo numa tocha, não pude me conter. Senhora sabe, telhado de sapé pega fogo fácil. Grudei no Expedito e rolamos no chão. Eu sabia que era uma briga de vida ou morte. Ele tinha uma faca e eu desarmado, então estava na desvantagem. No começo, apanhei muito, mas depois foi me dando uma bravura, um ímpeto me subiu na cabeça. Na coragem, tomei a arma do homem e o esfaqueei. Ele ficou lá, largado como um porco no chão.

"O empregado quando viu aquilo, montou no cavalo e se escafedeu. Meu pai tentava salvar alguma coisa do incêndio. Limpei a lâmina da faca, botei na cintura, peguei o cavalo baio do finado e me larguei pro mundo também. Dias depois, cheguei por aqui."

– Você sabe se ele morreu?

– Erva ruim nem geada mata, dona. Um tempo depois, fiquei sabendo que sobreviveu, mas com grave sequela. Nunca mais pôde importunar ninguém.

– Você fez o que fez em legítima defesa. Não o culpo de nada. Só tem mais uma coisa, precisa me confiar o seu nome de batismo.

– João Ivanildo Ferreira.

– Como é que te chamavam na sua terra?

– Ivo, senhora.

– Ivo, vai guardar as suas coisas, alimente-se, porque há muito trabalho a fazer!

Capítulo IX

DECEPÇÃO AMOROSA

JÁ QUE SEM NOME fora identificado, de agora em diante, será chamado pelo nome: Ivo. Pois bem, Ivo não conseguiu dormir à noite. Rolou pra lá e pra cá e ficava se perguntando por que não tinha tratado de determinado assunto com dona Veridiana. Detestava a timidez que lhe impedia de se expressar livremente. O resultado foi dormir com aquela reivindicação atravessada na garganta. Prometeu a si mesmo que, assim que o dia raiasse, iria à casa da patroa para tratar desse assunto tão importante. E assim o fez.

Dona Veridiana estranhou a visita do capataz tão cedo. Mesmo assim o recebeu.

Ivo tinha o rosto esfogueado de vergonha, mas estava decidido a falar:

– Ontem, quando tratamos da minha volta, esqueci de pedir uma coisa para a senhora...

– Diga logo.

– A senhora sabe que Rosina e eu tivemos um romance. Gosto dela e por isso não fui embora. Pensei bastante e queria que ela fosse minha mulher. Então vim pedir a permissão da senhora para ir buscá-la...

"Sei o que a senhora pode pensar dela, mas estou disposto a morar na casinha, assim ela vai ficar longe das suas vistas... Posso melhorar o lugar e tornar uma morada decente..."

– Você pode não acreditar, mas não tenho nada contra a Rosina. Sei que ela não teve culpa das loucuras do meu marido. Pode buscá-la, se isso é o que você quer...

Ivo saiu dali atordoado. Estava tão feliz que não cabia em si.

À tardezinha, assim que acabou o trabalho, tomou um bom banho, montou seu cavalo baio e rumou para o prostíbulo. Naquele horário não havia movimento. As meninas estavam em seus aposentos se preparando para o trabalho noturno. Ivo bateu à porta, ninguém atendeu, então foi entrando. Rosina estava recostada num sofá vermelho, parecia cochilar.

– Ó de casa...

– Que é isso? Quem te deu ordem de entrar? Não viu que a casa está fechada? – Rosina gritou, irritada.

– Eu bati, ninguém atendeu, entrei...

– E o que você quer a essas horas?

– Vou ser o novo administrador da fazenda. Dona Veridiana me deu permissão de te levar comigo, se você quiser...

Rosina soltou uma gargalhada de escárnio e emendou:

– Só me faltava essa! Que idiota! Você acha que vou voltar para aquele pardieiro? Mudei de vida, meu caro. Hoje sou uma mulher rica, com amizades importantes.

Frisou bem as palavras e empinou o nariz.

– Aliás, não quero gente da sua laia frequentando a minha casa, não é bom para a nossa reputação – rematou com sarcasmo.

Ivo sentiu um forte rubor na face e revidou:

– Eu era bom quando você passava fome e eu te dava de comer, não é? Me usou quando estava na fossa. Quem você pensa que é? Gente importante pode ser quem vem aqui, você só é uma alcoviteira. Pra falar a verdade, já estou arrependido por ter vindo. Quando te conheci você era inteira, agora é uma mulher deformada da cara, da perna e dos sentimentos.

Rosina pegou uma vassoura e partiu para cima do moço. Ele a dominou, deu-lhe uma bofetada e saiu para nunca mais voltar.

Capítulo X

UM NOVO AMOR

IVO DEMOROU PARA DIGERIR a ingratidão e o escárnio de Rosina. Era um jovem inexperiente nos assuntos do coração. Desejava continuar o romance agradável que tiveram um dia. Pouco se importava que ela estivesse desfigurada e manca. Ficara profundamente magoado, rejeitado. Não podia crer que tivera tão boas intenções com alguém que o considerava algo que se usa e depois joga fora. Jurou para si mesmo que não se envolveria emocionalmente com mulher alguma e assim passaram alguns anos.

Dona Veridiana começou a apresentar sérios problemas cardíacos, tornaram-se mais frequentes as crises de angina, ficando por isso mais dependente dos subordinados.

Nessa época, empregou, em sua casa, uma jovem chamada Madalena. Era uma moça forte, alegre e muito trabalhadeira. Tomava conta de tudo, da casa, da alimentação, das compras e ainda costurava nas horas de folga. A fazendeira, que tinha uma intuição muito aguçada, logo percebeu alguns atributos na jovem, sentia que era uma pessoa confiável e de boa índole. Então, como apreciava muitos os bons empregados, resolveu aproximar Madalena de Ivo. Promoveu um jantar e convidou o moço.

Ivo achou que tratariam de assuntos de trabalho e compareceu às 19 horas. Dona Veridiana fê-lo sentar à mesa de hóspedes e ordenou à Madalena que os servisse. Conversa vai e vem, a dona da casa pediu que a empregada se sentasse também. Depois, tentou um início de diálogo entre os jovens:

- Sabe, Madalena, que até pouco tempo esse jovem se chamava Sem Nome?

- Sem Nome? - estranhou a moça. - Como assim?

- Vamos pedir a ele que nos conte esta história...

- Ora, dona Veridiana... a senhora sabe que sou tímido, não sou bom contador de histórias.

- Você me contou direitinho, então peço que conte a Madalena.

- Está bem...Mas não repare... Nasci lá para as bandas do Rio Vermelho. Família pobre, mas muito unida. Meu pai tocava roça de feijão, arroz, milho. Criava galinha e porquinho. Vendia o pouco que sobrava do consumo, eram onze bocas na casa. Eu era o mais velho dos nove filhos...

Ao terminar de contar sua experiência, Ivo, que era

de pouca prosa, sentiu que tinha repartido um pedaço de sua vida com aquelas duas mulheres. Depois disso, um clima de confiança e respeito se estabeleceu entre os três. Os jovens ficaram amigos, foram se aproximando e, de repente, estavam apaixonados. Meses depois, resolveram se casar.

Dona Veridiana fez questão de fazer uma grande festa de casamento. E assim que o padre os considerou unidos para sempre, a fazendeira os surpreendeu com um presente. Doou-lhes uma parte da fazenda: 50 alqueires de terra com escritura.

Ivo e Madalena viveram toda felicidade que uma vida simples pode oferecer. Permaneceram ao lado de dona Veridiana até o seu último momento na Terra. Tiveram apenas um filho: Donato que, muito mais tarde, com a morte dos pais, herdou aquele pedaço de terra.

Capítulo XI

EM CARÁTER DE URGÊNCIA

NÃO É PRECISO RELATAR aqui os horrores que Serapião passou no plano espiritual após a sua partida. Por causa de seu caráter violento, adquirira numerosos inimigos, que estavam ansiosos por se vingar. Isso sem falar das companhias que o assediavam nos desequilíbrios na área do sexo. O homem se viu manietado, torturado e vampirizado pelos companheiros de outrora, com quem trocara energias desqualificadas.

Mas era um espírito endurecido. Os flagelos e importunações assanhavam ainda mais a sua revolta. Foi se aguentando nos sofrimentos infligidos e, como líder natural que era, conseguiu reverter a situação e amealhar companheiros que lhe juraram fidelidade. Tudo indicava que ele conseguiria aumentar o número de seguidores para poder cumprir seus propósitos pavorosos junto à crosta terrena.

A espiritualidade maior, prevendo acontecimentos nefastos naquela área do astral, decidiu fazê-lo reencarnar em caráter de urgência. Entidades do bem, infiltradas naquelas zonas, armaram um esquema complicado e conseguiram resgatá-lo.

Como se tratava de uma encarnação compulsória, Serapião nasceria numa família que o atraísse por afinidade. Seu corpo espiritual estava fortemente vincado pelas experiências infelizes e isso certamente se manifestaria no seu novo corpo físico, uma vez que o corpo material funciona como um filtro, extraindo as mazelas do perispírito. Quando a enfermidade, a má formação, as deficiências de toda sorte se manisfestam numa criança, não significa que ela se tornou doente. Doente já estava o seu perispírito. Significa que se deu o início da cura, pois o corpo espiritual vai ficando depurado daquela imperfeição, à medida que ela é absorvida pelo corpo físico.

A família que o recebeu era bastante desequilibrada. A mãe era uma pessoa autoritária, controladora. Trazia essas tendências de gerações passadas em que exercera cargos na área militar, sendo sempre um comandante frio e sanguinário. Para seu incômodo, nascera mulher, naquele ambiente aonde as pessoas do sexo feminino dependiam totalmente dos maridos, devendo obediência a estes sob a ameaça de sofrer toda sorte de violências.

O pai bebia muito e colocava os filhos mais velhos a mendigar. Às vezes as crianças chegavam em casa com as mãos vazias. A região onde moravam era muito pobre e a maioria das pessoas não tinha como repartir, então as esmolas que recolhiam eram escassas. Nesses dias, o pai se via contrariado e descontava a sua revolta nos pequenos e na mulher, quebrando os poucos haveres e distribuindo pancadas.

Nesse ambiente familiar, alguns meses depois Serapião renasceu. Era agora uma menina frágil, a quem chamaram Jussara. A criança apresentava uma marca de nascença no lado esquerdo da face. À medida que crescia, a deformidade se tornava mais e mais evidente.

Jussara já estava com quatro anos. Parecia alheia a tudo, pois não se interessava por nada. Ficava ali, deitadinha, sem choro, sem riso, apenas balançando repetidamente os bracinhos. Era cuidada por uma irmã mais velha, que a alimentava e a higienizava precariamente. Não falava e havia momentos em que dava a falsa impressão de estar em paz. Tanto que lhe rendeu o apelido de "Santinha".

Já aos sete anos, a menina começou a ter surtos nervosos, durante esses surtos agredia quem estivesse ao seu alcance. Não respeitava nem a sua cuidadora. A família então teve que admitir que a menina tinha problemas mentais. Naquele tempo, isso era uma tragédia, por causa do preconceito. Além disso, as crianças daquela família sofriam a falta de afetividade dos pais. A "Santinha" tinha se revelado ao contrário. Sua agressividade tornara-se bastante incômoda. Então ela foi despachada para um pequeno cômodo no fundo da casa. E ali ficava sozinha.

Quem via aquela criança desprotegida, não desconfiava qual espírito habitava o frágil corpo. Sem ter como se comunicar, o espírito se consumia em seu ódio por tudo e por todos. Não bastasse isso, havia um tio que, passando por religioso, frequentava o quarto da menina. Dizendo que ia orar, ficava a sós com a pobre criança e abusava sexualmente dela.

Você pode estar se perguntando por que Deus permite que ocorram coisas desse tipo a uma criança indefesa... Você se lembra que foi uma encarnação emergencial? O perispírito de Serapião apresentava sérios desvios na área sexual. Há registros, em nós, que geram magnetismo, atraindo pessoas e circuntâncias em semelhante frequência. Agora ela era a vítima, porque antes fora o vilão. Cumpria-se ali a lei de causa e efeito, pagava seus débitos para com as meninas que levara para a sua fazenda e explorara sexualmente.

Quanto à falta de comunicação com o mundo exterior, isso funcionava como um meio de proteção àquela criatura. Vivia isolada por uma couraça, onde os estímulos internos e externos eram barrados. Esse impedimento atendia a dois motivos: o primeiro é que se o espírito de Serapião pudesse se manifestar, em sua rudeza, os benefícios daquela encarnação estariam comprometidos. O segundo motivo é que havia uma chusma de inimigos espirituais querendo esganá-lo e, estando como num circuito fechado, não conseguiam acesso a ele.

Aos onze anos, Jussara sofreu uma queda e teve traumatismo craniano. Viveu cinco longos meses com muita dor de cabeça. Esse acidente foi providencial. Ao mesmo tempo que resgatava a lesão que provocara no jovem Armando, por ciúmes de Rosina, a dor foi abrandando aquele caráter hostil, dominador, violento do seu espírito antes tão endurecido.

Jussara desencarnou aos doze anos. Sua alma estava leve, agora podia gozar um pouco de paz. Conseguira saldar o débito adquirido pela deformidade facial imposta à Rosina e o traumatismo infligido a Armando. Ainda restavam algumas continhas a resgatar, mas isso ficaria para um futuro próximo...

Tabela para auxiliar o acompanhamento dos personagens na narrativa, em quatro reencarnações:

Dona Mariana (mãe de Rosina)			Ana (casada com Jorge e mãe de Heliane e Hélio)
Coronel Serapião (dono da fazenda em serra dos Milagres)	Jussara	Nilson	Hélio (filho de Ana e Jorge)
Rosina			Heliane
Sebastião (pai de Rosina)			Jorge (casado com Ana)
Dona Veridiana (esposa de Serapião)		Alberta (esposa de Aloísio e mãe de Nilson)	
Madame Vivi (Vincenza era dona do bordel)		Solange (esposa de Nilson) assediada por Rosina	Dona Solange (avó adotiva de Jorge).
Sem Nome/Ivo		Ney (irmão de Nilson)	
Aristarco (dono do único armazém do povoado e pai de Armando)		Aloísio (esposo de Alberta)	
Armando (filho do senhor Aristarco – foi espancado por Serapião)		Lígia (irmã de Nilson e Ney)	
Madalena		Telma (esposa de Ney)	

PARTE II

MUITOS ANOS DEPOIS

Capítulo XII

DESPERTAR SURPREENDENTE

NILSON ABRIU OS OLHOS. Estranhou. Não sabia aonde estava. Os lençóis eram alvos e exalavam um cheiro agradável. Sentia-se leve, relaxado, sem dor, embora um tanto confuso. Não sabia como chegara àquele local, não se lembrava do passado mais recente, seus pensamentos estavam um pouco embaralhados, por isso não conseguia raciocinar muito bem. Não tinha a mínima noção de que desencarnara e estava internado num hospital espiritual.

Observou o ambiente. As janelas eram amplas e as cortinas balançavam ao vento brando. O dormitório era despojado, havia um guarda-roupas embutido, uma poltrona e uma mesa pequena onde repousava uma jarra de água. Estaria numa residência, num hotel ou num hospital?

Como se sentisse recuperado, resolveu levantar e

ir até a janela. Desse modo teria uma ideia melhor de onde estava. Escorregou e, assim que seus pés tocaram o chão, experimentou um estremecimento. Olhou para as pernas e constatou que ambas estavam intactas, sem sequelas do acidente que sofrera quando menino. Como isso podia ter acontecido? Por mais que se esforçasse a lembrar, nada lhe ocorria.

O fato causou-lhe grande impacto, tanto que seus pensamentos se chocaram e ele perdeu completamente o equilíbrio interior.

De repente, sentiu-se transportado para o quintal da casa aonde morava quando criança. Reviveu aquele dia tão remoto. Olhou para o céu e viu a pipa de seu irmão. Ao sopro de uma ventania repentina, o objeto trepidava e corcoveava. Ney, seu irmão-gêmeo, não era tão hábil quanto ele. Se não tomasse providências, a linha ia se romper e o brinquedo estaria perdido para sempre.

De um golpe, arrebatou o carretel nas mãos e fez algumas manobras. Então, a pipa fez uma longa curva e enroscou no alto da mangueira.

Ney ficou roxo de raiva. Esbravejou:

– Intrometido! Viu o que aconteceu? A culpa é sua!

Nilson segurou o choro. Não esperava por aquilo. Só queria ajudar...

– Sobe lá e vá buscar a pipa!

– Mas é tão alto, pode deixar, eu vou falar pra mãe te dar uma outra.

– Eu não quero outra! Quero aquela! Já disse e não vou repetir de novo, suba lá e vá buscar!

Sentindo que deveria reparar o erro, apesar do medo de altura, Nilson enfrentou o desafio. Pôs-se a escalar a mangueira. Seu coração batia apressado e ele não via a hora de acabar com aquele pesadelo. Finalmente, conseguiu alcançar a pipa. Logo constatou que as linhas estavam enroscadas nos galhos e que seria impossível desatar os nós. Rompeu as linhas e gritou para o irmão:

– Pega aí embaixo, vou jogar...

– Nada disso – retrucou o outro. – Se jogar vai rasgar, desça com ela na mão!

Nilson suava frio. Se a subida fora difícil, imagine a descida! Os galhos ficavam distantes uns dos outros. E ele não podia usar as duas mãos, porque uma delas estava ocupada com a pipa. Então, olhava para baixo, mirava o próximo galho, cruzava as pernas e escorregava. Sentia nas coxas o contato rústico com a árvore, os arranhões ardiam, mas ele não se importava, tinha enjoos e queria chegar logo ao chão. Mas, por um descuido seu, calculou mal o próximo ponto de apoio e se deixou escorregar. Então, sentiu o mundo rodopiar e múltiplas pancadas pelo corpo. Acordou numa cama de hospital.

Nilson não compreendia o que estava acontecendo. Como podia reviver aquela ocorrência e a queda como se ainda tivesse nove anos de idade? A dor insuportável na perna esquerda, o gesso rígido que ia do pé à coxa, tudo sentia como se estivesse ocorrendo ali e agora.

Um antigo ressentimento assomou em seu íntimo. Sentiu uma aversão feroz pelo seu irmão gêmeo. Acusava-o pela sua desdita. Sempre a mesma pessoa a cruzar o seu caminho!

– Desgraçado! – urrou.

Um ódio surdo foi tomando corpo, crescendo, crescendo até que a sua vista escureceu. Sugado por uma força estranha, sentiu-se levitar e depois cair... Já não estava no quintal de sua casa, nem no quarto do hospital.

Capítulo XIII

REGIÃO TENEBROSA

NILSON CEDERA A UM outro tipo de perturbação: a do ressentimento. Vibrava ódio e, em razão disso, transferiu-se para uma região nevoenta, cheia de sombras, sussurros e imprecações. Tentava ordenar os pensamentos, mas aquelas vozes pareciam penetrar-lhe o íntimo, promovendo uma sensação muito desagradável. Seus pensamentos estavam mais desencontrados do que nunca, não sabia separar o que era seu do que absorvia do ambiente. Deixou-se tomar por grande cansaço, então deitou e fechou os olhos.

Mas naquele lugar não havia o que se chama sossego. Segundos depois, foi assediado por uma mulher de medonho aspecto. Essa entidade era velha conhecida de Nilson. Há muito tentava acesso a ele. E agora que ele mergulhara naquela crise de revolta, aparecia a oportunidade que ela tanto esperava.

Nilson percebeu que as garras de Rosina o imobilizavam. Fios cinzentos o envolviam, como se estivesse capturado por um polvo. Apavorado, debateu-se e reagiu vigorosamente. Os dois rolaram por um forte declive e, enquanto caía, ele externou sua aflição num pedido sincero:

– Valha-me, senhor Jesus!

Ainda em plena queda, Nilson percebeu que a entidade que o assediava, desapareceu como por encanto. Ofegante, trêmulo, apavorado, escondeu-se entre duas pedras. Ali, chorou. Algum tempo depois, mais calmo, o nosso amigo tentou pôr ordem nos pensamentos e passou a observar o ambiente.

Algo lhe dizia que já havia passado por um lugar semelhante. Sua memória não ajudava, mas sabia que conhecia aquela mulher.

Nisso, uma multidão de pessoas andrajosas passou rente à pedra em que se ocultara. Riam, falavam alto e blasfemavam. Davam mostras de demência e Nilson se viu transido de medo. Colou-se entre as pedras e entendeu que precisava reverter aquela situação. Não acordara recentemente numa confortável cama de hospital? E depois, sem saber como, lembrou-se da infância, da pipa enroscada, do acidente, do irmão. Ao se lembrar de Ney, exasperou-se. Mas dessa vez, teve um pouco de discernimento e percebeu que era a lembrança do irmão que o desequilibrava. Então resolveu sossegar, imaginando a figura de uma pessoa amada: Alberta.

Você pode estranhar a súbita lucidez de Nilson. Na

verdade, ele estava sendo inspirado, os pensamentos provinham de outra entidade. Ao seu lado, uma senhora de venerável aparência procurava incutir-lhe ideias salutares, a fim de que ele oferecesse condições de ser resgatado daquele lugar. Era Alberta que esperava.

Capítulo XIV

REFLETINDO SOBRE A VIDA

ENQUANTO ISSO, NA TERRA, seu irmão gêmeo era forçado à meditação. Fizera uma cirurgia cardíaca e deveria fazer repouso absoluto. Não queria ligar a TV, pois o noticiário o irritava. A casa estava quase deserta, pelo barulho, Telma arrumava a cozinha. Os netos tinham passado o fim de semana ali e, agora que tinham ido embora, deixaram aquela sensação de vazio.

De repente, Ney sentiu uma sensação estranha. Foi atingido em cheio por um desconforto íntimo e, imediatamente, lembrou-se do irmão gêmeo. E começou a pensar: se a vida prosseguia após a morte, o que seria de Nilson nesses cinco anos de desencarnação? Não, não era possível que Deus nos fizesse para durar somente uma vida, se todas as coisas se renovavam na Natureza... e por que Deus os fizera nascer gêmeos idênticos, tão semelhantes na aparência e tão opostos na maneira de ser? Não entendia tamanha disparidade... A maioria das pessoas tinha a sua própria identidade, a sua fisionomia, a sua estrutura física. E por que com eles foi diferente? Talvez fosse por isso que ficava aborrecido quando alguém os comparava. Detestava quando os vestiam com roupas iguais. Até os nove anos, poucas pessoas os distinguiam, até que ocorreu aquele acidente fatídico... Nilson ficara com uma perna mais curta que a outra, passou a usar botas especiais e nunca mais ninguém teve dificuldades em distingui-los. Maldita foi aquela hora, aquela experiência! Se queria distinção, não era daquela forma. Nunca quis que nada de mal acontecesse ao irmão.

Sabia que Nilson o culpava e que, por isso, o repudiava. Nunca entendeu que o acontecido fora uma fatalidade. "Mas será que existe fatalidade, algo que nada ou ninguém possa mudar?" – perguntou-se. E lembrou que sua mãe dizia que nenhuma folha cai da árvore sem a permissão de Deus. Se é assim, aconteceu o que deveria ter acontecido, fora somente um instrumento. Mas, por quê?

Uma enorme amargura assomou-lhe à garganta. Nunca se deram bem, depois do acidente o relacionamento entre ambos ficou ainda mais conturbado. Mesmo sendo irmãos, havia um abismo de incompreensão e revolta que os separava. Tudo poderia ser diferente se tivessem agido de outro modo! Quem sabe com um pouco de boa vontade e discernimento, tivessem quebrado esse gelo. Poderiam ter ignorado certos fatos, respeitado um ao outro, o que não aconteceu. Agora era tarde demais.

Telma entrou no quarto. Trazia uma xícara de chá e dois comprimidos. Ajudou o marido a se levantar e sentou-se ao seu lado na cama.

Ney resolveu abrir seu coração à esposa:

– Estava aqui pensando com os meus botões... O que será que acontece depois que a gente morre? Será que tudo se acaba?

– Por que está pensando nisso agora? Com certeza ainda não chegou a sua vez – gracejou Telma.

– Não é por mim. Estava pensando no Nilson. Já faz cinco anos que ele se foi... hoje pensei muito nele e senti uma grande angústia...

– Deve ser porque vocês tiveram vários desentendimentos... Você já se esqueceu que a sua mãe era espírita? Ela tinha uma fé admirável... Acreditava que há uma vida plena no plano espiritual, que vivemos inúmeras vezes e a cada encarnação vamos nos burilando um pouquinho... que pena que vocês não a seguiram...

– É verdade. Se tudo o que minha mãe acreditava for verdade, o Nilson está vivo, passando por uma nova experiência...

– Creio que sim! E você? Acredita em quê?

– Também acredito que a gente sobrevive, mas não sei em que condições. Ninguém é tão santo para merecer o céu, nem tão mau para ir para o inferno.

Nesse momento, entrou na sala a respeitável senhora. Alberta fora atraída pela conversa e vira ali uma oportunidade de doutrinar o filho, que era um bom homem, mas não entendia nada de espiritualidade. Sabia que o seu tempo de permanência na Terra não seria longo, então vinha prepará-lo. Acercou-se da nora e a inspirou.

Telma sentiu aquela indefinível presença e desatou a falar.

– Dá para ver que você nunca prestou atenção nos ensinamentos de sua mãe. Eu, que convivi pouco com ela, aprendi muito... Alberta dizia que céu, inferno e purgatório não são um lugar determinado por Deus na eternidade. Que são estados de consciência. Podemos estar no céu quando estamos felizes, quando executamos nossos deveres, quando somos amorosos. Estamos no inferno quando remoemos as nossas mágoas, quando desejamos ferir e vingar, quando nos deixamos envolver por toda sorte de transvios da mente.

– Nossa! Você ainda se lembra de tudo isso?

– Vou te explicar... Durante o período em que você esteve na U.T.I, eu ficava lá no hospital aguardando os horários de visita. Permanecia lá o dia todo, esperando. Certo dia, passei por uma banca espírita e resolvi pegar algo para ler. Adquiri *O Evangelho segundo o Espiritismo* e *O Livro dos Espíritos* e faço minhas leituras diariamente.

– Então aqueles livros que você está lendo são espíritas?

– Sim. Você gostaria de compartilhar a leitura comigo? Afinal já estamos velhos e nossa hora está chegando – gracejou Telma.

– Talvez... Achei interessante essa definição de céu e

inferno. Sempre pensei que os livros religiosos fossem maçantes e que não tivessem um conteúdo que valesse o tempo desperdiçado com a leitura...

- Desperdiçado, Ney? Quando lemos bons livros, a leitura é uma das atividades com maior aproveitamento do nosso tempo... Além disso, o espiritismo tem um tríplice aspecto: é filosofia, ciência e religião! Então, meu caro, conteúdo é que não falta... Concorda ou não em compartilhar a leitura desses livros?

- Como você disse, não tenho muito tempo nesta Terra. Acho que a dona da foice está querendo vir me buscar - gracejou Ney - então vamos nos preparar!

- Depois do almoço, quase não temos atividades. Vamos instituir um horário para estudarmos. Podemos também fazer Evangelho no Lar...

- Concordo, vamos fazer.

Alberta sorriu satisfeita. Há muito que tentava aproximar os filhos das verdades evangélicas, mas eles resistiam sempre...

Capítulo XV

EVANGELHO NO LAR

TELMA DETERMINOU QUE O estudo do evangelho no lar fosse no sábado às 18:30. Escolheu esse dia e hora porque os seus filhos vinham vê-los aos fins de semana. Queria reunir toda família em torno dos ensinamentos do cristianismo redivivo.

Como fosse sexta-feira, Telma tratou de ir ajeitando as coisas. Já que Ney ainda não podia levantar, fariam o culto do evangelho naquele quarto, provisoriamente. Sabia que ali receberiam a visita de espíritos nobres e era necessário fazer jus aos ilustres visitantes. Mal sabia ela que, entre mais de uma dezena de espíritos, contariam com a presença de Alberta e Souza Mattos, que se destacavam por serem protetores da família.

Telma caprichou na limpeza, arrumou uma mesinha onde colocaria a água para fluidificar, um vaso com flores naturais e o Evangelho, é claro. Depois de tudo arranjado, mal pôde esperar o dia seguinte. Faria tudo direitinho, pois, ao comprar os livros espíritas, ganhara um folheto explicando como fazer o culto passo a passo.

Chegada a hora aprazada, Telma fez a prece inicial, agradecendo pelos bens até então recebidos e pedindo a proteção dos espíritos trabalhadores do bem. Rogou pela saúde dos familiares encarnados e desencarnados e de alguns conhecidos enfermos. Lembrou-se também de vibrar a favor de regiões onde existia conflito, fome e doença.

A seguir, pediu que Ney abrisse *O Envangelho segundo o Espiritismo*. A página exibida fazia parte do Capítulo IV, e se intitulava: OS LAÇOS DE FAMÍLIA SÃO FORTALECIDOS PELA REENCARNAÇÃO E ROMPIDOS PELA UNICIDADE DA EXISTÊNCIA.

Leitura feita, Ney ficou encantado ao saber que os espíritos formam famílias no espaço, unidos por simpatia e semelhança de inclinações. Mesmo quando alguns membros dessa família estão encarnados e outros não, continuam unidos pelo pensamento. Os que estão livres, zelam pelos que estão cativos, os mais adiantados procuram fazer progredir os retardatários.

Concordou que a verdadeira afeição espiritual é a única que sobrevive à destruição do corpo. Só é durável esse tipo de afeição. Já as afeições carnais extinguem-se, a morte as separa tanto na Terra como no plano espiritual.

O texto também informava que as pessoas que não têm nada em comum com a sua família, certamente não pertencem a ela. Deus permite a encarnação de espíritos antipáticos ou estranhos, naquele núcleo familiar, com a dupla finalidade de servir de prova para uns e meio de progresso para outros.

Nesse ponto, Ney interrompeu a leitura e perguntou:

- Como assim? Não entendi.

- Deixe-me ver se consigo te explicar... Um espírito muito violento encarna num família pacífica. Vamos supor que ele fez maldades contra seus pais numa encarnação anterior. Na infância, especialmente nos primeiros anos, a educação num meio equilibrado, religioso, vai marcar fundamente esse espírito, então seu caráter se abranda e, recebendo amor, as antipatias desvanecem... Já os pais ganham o mérito de vivenciar o perdão e reerguer aquele que antes poderia ser considerado o seu inimigo.

- Isso é verdade - concordou Ney. - Porém, vemos muitos filhos serem criados com amor, não faltando as noções de ética e de respeito, no entanto põem tudo a perder... Quanta ingratidão!

- Sabe, Ney, o consolo é que, com a reencarnação, as esperanças não estão perdidas. Contando com a ajuda e o amparo daqueles que os amam, eles sairão, um dia, do atoleiro em que caíram. A solidariedade entre os encarnados e desencarnados é eterna, estreitando sempre os laços de afeição e rumando para o progresso infinito.

Logo após, Ney fez uma breve prece, bebericaram a água fluidificada.

Ney percebeu que aquele texto trouxe muitas respostas aos seus questionamentos. Principalmente em relação a Nilson. Certamente ele não era um espírito-membro daquela família. Viera ali para aprender. E já que a vida não acaba, elevou o pensamento em prece ao irmão gêmeo. Aonde quer que estivesse, que ele recebesse a luz e a paz.

Nesse mesmo instante, uma energia radiante rompeu a distância e se aninhou no peito de Nilson, dando-lhe um novo alento.

Capítulo XVI

O GOLPE

VAMOS VOLTAR UM POUCO no tempo... Sete anos antes, Ney e Telma travavam o seguinte diálogo:

– Nilson quer vender o sítio da Fartura. Disse que tem uma pessoa interessada – informou Ney.

– Seus pais acabaram de morrer, ainda não foi feito o inventário e ele já quer dispor da herança?

– Ele disse que está precisando muito do dinheiro, fez empréstimos e está pagando juros altos ao banco...

– De qualquer modo, um dinheiro extra iria nos ajudar a pagar a faculdade das nossas filhas. A Laura quer fazer medicina e, mesmo que ela consiga entrar numa faculdade pública, os gastos serão enormes – ponderou Telma.

– Então, Nilson quer que assinemos uma procuração para efetuar a venda. Enquanto isso, disse que vai legalizar a papelada.

– Você sabe o que penso – retrucou Telma. – Não confio no seu irmão... dar uma procuração nas mãos dele pode trazer muita dor de cabeça...

– Sei disso, Telma. Mas pensei bem e acho que a gente deve dar um voto de confiança a ele... Você sabe que a nossa relação é tumultuada desde a infância...

– Você já deveria ter superado esse complexo de culpa, Ney. Se não consegue sozinho, por que não procura a ajuda de um profissional?

– Não é fácil, Telma. O acidente marcou-o pelo resto da vida...

– Ele exagera um pouco. Usa esse fato em benefício próprio... Faz com que a família o considere uma vítima – ponderou Telma. – De qualquer modo, sei que os bens pertencem a vocês e não sou eu quem vai impedir essa venda. Tomara que ele tenha tomado juízo e seja correto!

Uma semana depois, Nilson já havia efetuado a venda. O comprador dera um sinal de 50% e pagaria a outra metade assim que assinassem a escritura. De posse do comprovante de depósito, deixou-se empolgar. Aquela quantia ia resolver os seus problemas financeiros.

Porém, Nilson era seguido de perto por sua inimiga invisível. Rosina sempre esperava que surgisse uma oportunidade para assediá-lo. Conhecia as fraquezas do seu desafeto, então soprou-lhe um pensamento ambicioso.

– Dinheiro atrai dinheiro. Arrisque no jogo. Multiplique! Você pode ganhar muito mais!

Nilson acreditava que aqueles pensamentos eram seus e reagia dizendo para si mesmo:

– Não posso ceder à tentação! Antes um pássaro na mão que dois voando. Esse dinheiro não é só meu, metade é do meu irmão...

– Arrisque o que é seu, o que é seu! – insistia a sua parceira. – Hoje é seu dia de sorte.

Nilson passou em frente ao clube. Resolveu dar uma espiada como andavam as coisas lá dentro. Os jogadores estavam a postos. Rosina insistiu:

– Jogue só uma cartada. Verá que é seu dia de sorte...

Instado pelos companheiros, ele resolveu arriscar. Não via problemas em se permitir uma ou duas cartadas. Merecia, afinal precisava comemorar e como não tivesse hábito de ingerir alcoólicos, dar-se-ia ao luxo de um pouco de adrenalina.

Tudo indicava que era mesmo um dia de sorte para Nilson. Ganhou uma, duas, três, dez vezes. Poderia parar por aí e sair no lucro. Mas já estava completamente envolvido e queria ganhar mais e mais. A ambição cegava-o. Estava convicto de que aquele era mesmo seu dia de sorte...

Foi quando começou a perder. Rodadas e mais rodadas. Como não quisesse sair no prejuízo, tentava mais e mais outra chance. Quando deu por si, passara toda noite jogando, o novo dia despontava e ele havia perdido tudo.

Aturdido, derrotado, foi para casa e não comentou com ninguém o que ocorrera. À sua esposa disse que fora assaltado na boca do caixa eletrônico e que o retiveram amarrado no porta malas de um carro por horas e horas.

Normalmente os jogadores mantinham sigilo sobre as perdas e ganhos no clube. Para eles, esse era um comportamento ético. Mas, no local havia alguns funcionários e a perda de uma soma tão grande não deixou de ser uma notícia bombástica. Dias depois, toda cidade já comentava o ocorrido.

Capítulo XVII

CONSEQUÊNCIAS DANOSAS

TELMA FICOU SABENDO DE tudo por uma vizinha. Indignada, imediatamente, ligou para o seu irmão, que era advogado:

– Léo, me ajude por favor.

– Que foi, Telma? Parece aflita!

– E não é para menos! Meu cunhado vendeu o sítio que era dos meus sogros. Recebeu a metade e perdeu tudo no jogo. Pior que nós lhe demos uma procuração com plenos poderes!

– Ainda bem que só recebeu a metade, Telma! Aconselho que procurem o cartório para revogar a procuração. O que ele fez até a data da revogação não pode ser mudado. Mas vocês podem reivindicar a parte que ainda não foi paga.

Gostaria de ir até aí para ajudá-los. Mas meu estado de saúde não permite, então aconselho que procurem o doutor Demétrius.

Logo depois, Ney chegou. Telma foi logo desabafando:

- Não te falei que o Nilson não era confiável? Soube que ele perdeu a metade do sítio no jogo!

- Quem te disse isso?

- Dona Terezinha.

- Fique calma. Deve ser boato, você sabe como as pessoas são maldosas!

- Caia na real, Ney! Ninguém estava sabendo da venda do sítio. Já telefonei pro Leonardo e ele aconselhou a revogar a procuração. Acho que você deve fazer isso agora mesmo! E tem mais! Vamos entrar na justiça para conseguirmos receber o que é nosso!

- Mas se isso for verdade, vamos arranjar uma "baita" encrenca com o meu irmão! Ele disse que tem uma dívida enorme... quem sabe se dividíssemos a outra metade entre nós dois - Ney tentava amenizar a situação.

- Deixe de ser um "banana"! E ele pensou na gente quando sentou na mesa de jogo? Não vou pôr em risco o futuro das minhas filhas, exijo que você tome uma atitude e cobre o que é devido! Vai se indispor com ele, ou comigo? - ameaçou Telma, visivelmente alterada.

Ney sabia o quanto Telma era marrenta, se a contrariasse enfrentaria graves problemas familiares, estava, como diriam os antigos, entre a cruz e a espada.

Capítulo XVIII

DÉBITO, CRÉDITO E HONRA

A NOTÍCIA DE QUE Nilson perdera alta soma no jogo chegou aos ouvidos de sua esposa. Solange não podia acreditar. O marido disse ter sido vítima de sequestro relâmpago. Teria mentido tão deslavadamente?

Abatida, deixou-se cair na poltrona e repassou todas as más notícias que recebera durante os vinte e cinco anos de casamento. Vivera tanto tempo ao lado de um homem que mal conhecia! Nilson não era um mau marido, mas era muito imaturo, cheio de complexos e culpas. Não era fácil manter um relacionamento harmonioso com ele, mas ela não era do tipo que desistia à toa. Além disso, não podia digerir o prejuízo que causaria às filhas, que precisavam terminar os estudos. O pior é que ela não tinha meios para custeá-las.

De repente, uma presença ameaçadora penetrou a sala. Era Rosina. O cenho carregado demonstrava perversas intenções. Acercou-se de Solange e começou a lhe soprar ao ouvido:

– Agora vocês estão na miséria!

Solange não sabia que aquele pensamento era de outra pessoa e o acolheu como seu. Sentiu muito medo. Se aquilo fosse verdade, como iriam solver a dívida exorbitante?

Rosina atacou de novo:

– Perdeu o dinheiro do irmão, o patife! A família toda está contra ele! E você? Vai tomar atitude ou não vai?

Instigada pela obsessora, a mulher já não sustentava suas convicções de boa esposa. Sentiu vontade de esbofetear o marido, dizer-lhe as amargas verdades que vinha engolindo em seco, e depois sair correndo pelo mundo para nunca mais voltar.

– Chega de ser tolerante! Largue esse miserável!

Solange era dona de uma fé inquebrantável. Na alegria, agradecia as bênçãos recebidas, na tristeza rogava forças e o amparo dos amigos espirituais. Então, naquele momento de provação, ajoelhou-se e fez uma longa prece pedindo a Jesus que lhe apresentasse uma solução. O ambiente sofreu imediata transformação, ficando saturado por fluidos luminosos produzidos pela ardorosa oração.

Rosina, que era completamente avessa aos eflúvios do bem, fez uma carantonha e deixou imediatamente aquele lar.

Alberta e Souza Mattos fizeram-se presentes, vieram socorrer a mulher suplicante. Deram-lhe passes relaxantes e ela sentiu vontade de dormir. Deitou-se ali mesmo, no sofá, e pegou no sono.

Solange sonhou que estava numa grande rotisseria. Ia e vinha entre os fregueses e muitas funcionárias. A cozinha era ampla e equipada com maquinários de última geração. Quitutes de aparência apetitosa estavam à mostra nas vitrines. Era dona do lugar e o dirigia com presteza e competência.

Ao acordar, a mulher tomou aquele sonho como um sinal. Cozinhava bem, então poderia produzir salgados e tortas para reforçar a renda da casa.

Poucos minutos depois, Nilson chegou. Vinha com a fisionomia carregada de quem não queria conversa. Sempre que algo dava errado, ele agia assim. Ficava calado, carrancudo e cismarento. Era uma forma de não precisar dar satisfação, justificar ou receber críticas quanto às besteiras que fazia.

Solange, que já conhecia bem a estratégia do marido, o interceptou. Pôs-se frente a frente, encarou-o e disse em voz pausada:

- Já sei de tudo!

- De tudo o quê?

- Que você perdeu metade do sítio no jogo.

- Você não sabe de nada! O buraco é mais fundo... Meu irmão cancelou a procuração e entrou na justiça...

- Muito justo, não acha?

- O que você está querendo, me enfrentar? - perguntou Nilson, alterando a voz.

- Não, estou querendo dizer que nada mais será

como antes. Declarei a minha independência. Vou cozinhar para fora e ninguém vai me impedir. Não posso mais depender de você!

– Você sabe que sempre fui contra que trabalhasse fora.

– Sim. Você queria exclusividade. Já vou te avisando: a dona-de-casa, que fui, não existe mais. Vou cuidar dos meus interesses e, quem sabe, ajudá-lo a recuperar o crédito e a honra!

Dito isso, Solange virou as costas e se dirigiu à cozinha.

Capítulo XIX

TEMPOS DE ADOLESCÊNCIA

NILSON ESTAVA PROFUNDAMENTE ABORRECIDO e não se perdoava por ter cedido à tentação do jogo. Já esperava pela reação do irmão. Não se incomodava com a insurgência da esposa. Mas o que mais o deprimia era o fato de que Telma soubesse do ocorrido. Alimentava por ela um amor platônico desde a adolescência. Não queria que ela o interpretasse como um marginal inconsequente. Se pudesse se retratar, diria a ela que foi um golpe de azar. Se tivesse ganhado, ninguém o censuraria. Além do mais, estava ganhando no começo, depois se empolgou...

Nilson tinha o péssimo costume de fazer o papel de vítima. Desse modo, justificava-se, achando que tinha razão em tudo o que, na realidade, era consequência do seu comportamento equivocado.

Relaxado na poltrona, fechou os olhos e evocou a

imagem do dia em que viu Telma pela primeira vez. Naquela época, os formandos do curso ginasial (que hoje corresponde aos anos finais do ensino fundamental) faziam bailinhos para arrecadar fundos para a formatura. Chamavam esses eventos de brincadeira dançante. Bastava uma garagem ou um salão, uma vitrola, alguns discos de vinil e a festa estava pronta. Adolescentes sonhadores dançavam juntinhos, apaixonavam-se e, não raro, se faziam companheiros para o resto da vida.

A música era romântica. Telma estava vestida de azul naquele dia. Os cabelos loiros esvoaçavam, porque sentara ao lado do ventilador. Com seu jeito irriquieto de menina, observava toda a sala, até que seus olhos encontraram os de Nilson. O adolescente, que já a observava e sentia atração por ela, sentiu-se descoberto e devassado. Seu rosto ferveu e ele sabia que ficava vermelho quando isso acontecia. Então, envergonhado, deixou o salão por alguns minutos. Quando voltou, verificou que Telma dançava com Ney. Era possível que o tivesse confundido com ele, uma vez que eram gêmeos idênticos. Mas lembrou-se da diferença: seu irmão tinha pernas boas, podia dançar e jogar futebol. Então, como competir com aquele que era a sua imagem melhorada, ele que se tornara um aleijado?

De repente, alguém mudou o disco. A moçada agitou-se ao som da música Get Back, dos Beatles. Como não ousava dançar, ficou ainda mais irritado. Mais um motivo para deixar o salão.

De volta à realidade, sempre ruminando revolta, Nilson recobrou o ódio que sentia pelo irmão. Atribuía a ele todas as suas frustrações e impedimentos!

– Desgraçado! – sussurrou entredentes...

Capítulo XX

CONFUSÃO E PAIXÃO

FOI NESSAS BRINCADEIRAS DANÇANTES que Nilson encontrou Solange. Na verdade, colidiu com ela. A mocinha, ao contrário de Telma, era muito atrapalhada. Derrubava tudo o que pegava e tropeçava nas pessoas. Solange levava um copo de refrigerante na mão, enquanto olhava os pares que dançavam no meio do salão. De repente, paft! bateu de frente com Nilson. O rapaz sentiu o líquido gelado correr até os pés. Estava encharcado e não havia como permanecer ali naquelas condições. Então saiu lá fora.

Minutos mais tarde, Solange apareceu com uns lenços de papel e tentou limpar a camisa do adolescente. Nilson nunca tinha sido tocado por uma mulher. Alguém já disse que a carência afetiva cria necessidades fictícias. Tudo o que ele queria, naquele momento, era prolongar o toque, ter aquela jovem perto de si. Mesmo envergonhado, abriu seu coração a ela:

– Não posso convidá-la para dançar, por causa do meu problema na perna. Se quiser, podemos tomar um sorvete mais tarde....

E assim começaram a se encontrar. Dias depois foram ao cinema e ali trocaram o primeiro beijo. O jovem casal se dava bem, a paixão continuava e Nilson achava que aquela era a mulher de sua vida.

Após cinco anos, casaram-se. Uma filhinha viera alegrar a vida de ambos. Solange tornou-se uma mulher bonita e mais segura de si. Isso era motivo de sobra para que o moço tivesse uma vida feliz. Mas há quem escolha viver em desarmonia...

Nilson nem lembrava que Telma existia, até que Ney anunciou o casamento dali a três meses. Inconscientemente Nilson não queria ver a felicidade do irmão. Então expressou sua raiva, reavivando a brasa da paixão antiga. Uma revolta foi crescendo no seu peito. Telma, a mulher que não tivera para si, iria casar com seu irmão! Ele não se conformava! Sentia-se rejeitado e incapaz.

Frequentemente, as ideias infelizes nos trazem companhias infelizes. Ele que fora Serapião, levava em torno de si vários desafetos, inclusive Rosina. Essas companhias acharam ali o terreno propício para semear más ideias. Então, foi ficando esquisito, quieto, só pensando naquela união que ele não desejava. Pensou mil formas para separar os dois, mas sabia o quanto eles se amavam e confiavam um no outro. Não ia dar certo. Talvez, se ele morresse, o seu irmão amargasse o arrependimento! Alimentava aqueles pensamentos sinistros e, cada vez mais, era estimulado pelos espíritos mal-intencionados. Com um empurrão desses irmãozinhos, não demorou para que acalentasse a ideia de suicídio.

Capítulo XXI

CINCO MINUTOS QUE MUDARAM UMA VIDA

NAQUELA NOITE, ALBERTA, DESPRENDIDA pelo sono, teve uma premonição. Viu o filho andando numa estrada erma. Depois entrou no mato, chegou à beira de uma pedreira abandonada e se jogou no vazio. A mulher acordou antes que o filho se chocasse ao chão. Seu coração, aos pulos, parecia querer sair pela boca! Assustada com o sonho tão vívido, levantou-se e logo se lembrou de orar. Pegou *O Evangelho segundo o Espiritismo* e abriu ao acaso. No capítulo V, deparou-se com o tema "Suicídio e loucura" e no item 15 leu o seguinte: "O mesmo se dá com o suicídio. Se excetuarmos os que se verificam por força da embriaguez e da loucura, e que podemos chamar de inconscientes, é certo que, sejam quais forem os motivos particulares, a causa geral é sempre o descontentamento. Ora, aquele que está certo de ser infeliz apenas um dia, e se encontrar melhor nos dias seguintes, facilmente adquire paciência. Ele só se desespera se não vê um termo para os seus sofrimentos. E o que é a vida humana, em relação à eternidade, senão bem menos que um dia? Mas aquele que não crê na eternidade, que pensa tudo acabar com a vida, que se deixa abater pelo desgosto e pelo infortúnio, só vê na morte o fim de seus pesares. Nada esperando, acha muito natural, muito lógico mesmo, abreviar suas misérias pelo suicídio."

Alberta ficou fundamente impressionada. A leitura do evangelho confirmava aquele pesadelo. Algo lhe dizia que aquele jovem era Nilson e que devia estar correndo perigo. Religiosa que era, ajoelhou-se e pediu a Jesus que o amparasse naquele momento crucial. Que impedisse esse ato de desdém à vida. Que lhe devolvesse a lucidez e o desejo de viver. Ficou ali, banhada em lágrimas não se sabe quanto tempo, orando e rogando.

No plano espiritual, amigos ouviram sua prece. Como ela tinha reconhecidos méritos, logo começaram a se movimentar. Várias providências foram tomadas. A residência de Nilson foi higienizada, extinguindo os miasmas provenientes de pensamentos trevosos, as entidades negativas foram afastadas e o moço passou a ser vigiado pessoalmente por Souza Mattos, um espírito de Luz.

No dia seguinte, apesar de todas as providências, Nilson estava decidido a dar cabo da própria vida. Sua esposa de nada desconfiou, parecia um dia normal. Então, em vez de rumar para o trabalho, ele foi para a estrada. Seguiu até um local que havia escolhido previamente. Parou o carro no acostamento e esperou que um caminhão apontasse na curva. Assim que o veículo embalasse na descida, iria de encontro e pronto!

Foi quando um velho apareceu:

- Moço, preciso de ajuda...

- Não tenho dinheiro - adiantou Nilson, temendo ser atrapalhado em sua programação.

- Ajuda só, coisa de uns cinco minutos. Preciso ir até uma casinha logo adiante...

- E por que não vai a pé?

- Porque não aguento mais - o velho puxou a barra da calça, mostrando a perna toda encaroçada de varizes. Várias úlceras se estendiam do pé até a metade da perna, que estava muito inchada. - Preciso levar comida para a minha tia. Ela não se levanta e se não morrer de doença, pode morrer de fome...

O homem fitava-o com uma expressão muito forte no olhar. Nilson queria despachá-lo, mas não tinha coragem, algo o impedia. Como não tivesse forças para sair do impasse, resolveu atender ao pedido do velho. Iria levá-lo. Se a mulher morresse, não queria levar essa culpa na consciência. O que eram cinco minutos para a sua vida desgraçada? Então concordou.

Logo chegaram a uma estrada de terra batida, onde havia uma tapera. Nilson fez menção de voltar, mas o homem insistiu que entrasse. Achou que o velho era impertinente, não tinha já atendido ao pedido dele? Mas uma estranha força o constrangia e ele não conseguia dizer-lhe não. O homem exercia uma certa ascendência sobre sua vontade.

Ao entrar na choupana, encontraram a velhinha na cama. Se não respirasse, podia passar por um cadáver. O sobrinho passou a dizer-lhe palavras confortadoras. A mulher reagiu, abriu desmesuradamente os olhos e gemeu. O velho ofereceu-lhe alimento, ela comeu e bebeu avidamente.

– O filho dela cometeu suicídio há uma semana. Perder um filho é a dor maior para uma mãe. Ela não aguentou e enlouqueceu – explicou o homem.

Aquela revelação o comoveu. Já saindo, Nilson olhou para trás e viu ali, naquele catre miserável, a sua própria mãe. A visão o perturbou, a ponto de levá-lo a uma crise de consciência. Imaginou a mãe e a esposa devastadas pelo sofrimento por seu ato impensado. Viu sua filhinha órfã, sem o calor do colo paterno. Entendeu que só pensara em si, que fora extremamente egoísta. Então, entrou no carro e rumou de volta à cidade. Em seu pensamento bailavam desculpas para justificar o atraso ao serviço.

Enquanto isso, lá na tapera, o homem não entendia por que pedira carona para Nilson, um moço tão antipático. Vinha ver a sua tia todos os dias e, apesar da dor nas pernas, nunca deixara de andar longas distâncias. Sabia que andar fazia bem à circulação. Nem sabia por que justificara o desarranjo mental da tia. Era certo que seu sobrinho se suicidara recentemente, mas a mulher já não tinha consciência do que se passava ao seu redor. Há anos tivera uma crise de loucura e jamais saíra dela.

O que esse homem não sabia é que, no mesmo recinto, ainda se encontrava a nobre entidade que o guiara até ali. Souza Mattos fizera dele um instrumento para evitar uma tragédia. Aqueles cinco minutos fizeram toda diferença na vida do nosso personagem.

Capítulo XXII

VISITA INESPERADA

LEMBRANÇAS DE NILSON À parte, vamos avançar no futuro, à época em que o sítio fora vendido e a grande soma perdida no jogo.

Eram 21 horas. Uma jovem senhora bateu à porta. Telma foi atender e a convidou para entrar.

Ney a reconheceu de imediato. A mulher pertencia a uma família de meeiros lá do sítio do seu pai. Após cumprimentos formais, convidada a se acomodar, o dono da casa a interpelou:

– A que se dá o prazer de sua visita?

– É um assunto um pouco complicado – respondeu a moça, que estava visivelmente contrafeita.

– Se é a respeito do sítio, o meu irmão já negociou – adiantou Ney.

– É um pouco mais que isso. Não sei como começar, então peço que examine esta certidão...

Lígia entregou-lhe uma Certidão de Nascimento. Ney, a princípio, não entendeu nada. Mas, examinando o documento, percebeu do que se tratava. Pálido, devolveu-o, sem conseguir articular palavra. Um silêncio estranho se espalhou por toda a sala.

Momentos depois, recuperando o fôlego, Ney dirigiu-se à esposa:

- Houve um reconhecimento de paternidade por parte de papai, Lígia é minha irmã...

Telma, que era uma pessoa inteligente e prática, resolveu dar um jeito na situação, tentando quebrar o gelo:

- Sabe que sempre quis ter uma cunhada? E examinando melhor, você é um "xerox" do seu irmão... melhor, dos seus irmãos... Vem cá e me dê um abraço.

Lígia sentiu-se reconfortada em contato com aqueles braços afetuosos. Estava tensa, constrangida. Sua garganta estava apertada, não lhe ocorria o que falar... Se pudesse sumia dali e já estava arrependida por ter ido visitá-los.

Telma sempre observadora, reconduziu-a até a poltrona e indagou:

- Lígia, se não se incomodar, queremos saber como tudo aconteceu...

- Como sabem, há muitos anos fomos arrendatários da terra de seus pais. Formamos uma família numerosa, avós, tios, primos... Muita mão de obra...

"Minha mãe e nosso pai se encontraram num momento difícil para ambos. Minha mãe tinha sido abandonada pelo marido, nosso pai enfrentava as consequências do acidente de Nilson. Estavam carentes e como trabalhassem juntos, acabaram se aproximando... foi um relacionamento rápido.

"Quando eu nasci, minha mãe recebeu a visita de dona Alberta. Seu pai havia confessado o seu erro e dona Alberta não só o perdoou, como nunca deixou que me faltasse nada... Que mulher boa!"

– Então, minha mãe sabia? – Ney interrogou sem acreditar no que ouvia...

– Sim. Ela me vestia, calçava, comprava material escolar e me presenteava no meu aniversário, no Dia das Crianças e no Natal. Ainda guardo algumas bonecas...

– Agora entendo – disse Ney. – Minha mãe guardava presentes em cima do guarda-roupas. Ela dizia que era para uma afilhada que morava bem longe...

– Pois foi a dona Alberta quem insistiu com o seu pai para que ele me reconhecesse como filha legítima...

Assim, de uma forma inesperada e impactante ficou esclarecido aquele parentesco. Lígia despediu-se, não antes de deixar seu endereço e telefone, queria manter contato. Não morava mais no sítio. Agora era uma mulher casada, tinha filhos e mudara-se para um apartamento no centro da cidade.

A visita mexeu com os nervos de Ney e Telma. O primeiro estava impressionado e em conflito. Além do surgimento daquela irmã, como fariam para dividir o sítio? Não que ele fosse ambicioso, mas metade já estava comprometida...

Telma também não parava de pensar na nova cunhada. Imaginava dona Alberta convivendo com aquele segredo por anos a fio. A bondade e o desprendimento daquela mulher ultrapassaram todos os limites, a ponto de prover as necessidades da filha bastarda do seu marido. Que dignidade e fibra!

Assim que Lígia foi embora, Ney não teve coragem de comentar o fato. Trancou-se no quarto e chorou durante horas. Telma deixou que desabafasse, pois ele era cardiopata e não era aconselhável que alimentasse sentimentos negativos...

Ney chorava por várias causas. Sempre quis se convencer de que não era culpado pelo acidente do irmão. Mas nunca lhe ocorreu que o acidente também trouxera um problema entre seus pais. Lembrou-se do devotamento de dona Alberta, que mudou os hábitos da casa e se dedicava dia e noite ao tratamento de Nilson. Lembrou também que, na época, sentia uma ponta de ciúmes, pois achava que a mãe só dava atenção ao seu irmão...

Também estava fortemente decepcionado com o seu pai. Sempre o considerara um modelo de homem, íntegro e honesto. E agora ficara sabendo que ele não era tão irrepreensível assim. Na hora da adversidade, procurara o consolo na barra da saia alheia. Se ele ainda fosse vivo, ia lhe dizer umas boas!

Capítulo XXIII

DEVOTAMENTO

NO OUTRO PLANO DA vida, Alberta observava os fatos e, na medida do possível, procurava ajudar os filhos.

Assim que desencarnou, foi prontamente assistida por ter bastante mérito e por haver amealhado muitos espíritos amigos ao longo de sua vida. Apesar de ter sido preparada para os eventos que deveriam ocorrer, o acidente sofrido por Nilson foi um divisor de águas em sua vida. Até então, fora uma mulher dedicada à família, excelente dona de casa e só. A partir do momento que colheu o corpinho do filho desacordado, com a vida por um fio, algo começou a fermentar dentro do seu coração, passou a dedicar-se a ele dia e noite, de corpo e alma. Acompanhou o doente, cirurgia após cirurgia, tentando minimizar as sequelas. Desdobrava-se, pois tinha o outro filho e o marido para cuidar.

Nascera em berço espírita e desde cedo aprendera

que tudo tem uma razão de ser e, se o problema não se originou nesta vida, com certeza é consequência de vidas anteriores.

Alberta era dona de uma simpatia irradiante. Sempre sorria e seus olhos límpidos nunca revelavam quantas lágrimas vertia em segredo. Criatura sensível, ressentia-se com a natureza grosseira das pessoas com quem repartia o seu viver, principalmente Aloísio, o marido, e Nilson, o filho problemático.

Antes de sua encarnação fora preparada para uma vida cheia de imprevistos, ao contato com pessoas difíceis. Reuniria naquele lar, como esposo, o mandante do assassinato daquele que seria um de seus filhos. Sob sua custódia e presença amorosa, uniram-se Aristarco e Serapião, e como se pode deduzir, essa proximidade só poderia resultar em conflito.

Sempre fora uma criatura dócil e o que parecia seu único erro foi não escutar seus pais. Eles não aprovavam o seu relacionamento com Aloísio. Achavam que não era a pessoa certa. Muito falante e envolvente, conquistava facilmente as pessoas, mas numa convivência mais estreita, deixava a desejar: não tinha muitos escrúpulos para conseguir o que queria e gostava de um rabo-de-saia.

Mas Alberta o amava e tinha esperanças de que com o tempo e a experiência, o amado se modificasse, amadurecesse. Esperança que durou enquanto viveu, desejo que não se concretizou.

Aloísio era um bom sujeito fora de casa. No lar, revelava-se sempre irritadiço. Ele e Nilson alimentavam verdadeira antipatia um pelo outro. E nenhum dos dois fazia questão de disfarçar, tudo era motivo de atrito. A preferência pelo outro filho era notória. Levava-o para jogar futebol, para passear e cavalgar no sítio. Quando Alberta o interpelava, ele dizia que Nilson era deficiente e não dava conta de certas atividades.

Foi nesse clima que a venerável senhora intermediou espíritos de difícil trato e, mesmo após a desencarnação, continuou a velar por todos eles.

Capítulo XXIV

ENCONTRO INEVITÁVEL

NEY RESOLVEU FALAR COM Nilson sobre a venda do sítio. Ligou várias vezes para o celular do irmão, mas sempre caía na caixa postal. Não queria deixar recado, desejava falar pessoalmente com ele. Também não queria ir à sua casa, preferia conversar num ambiente neutro. O advogado o aconselhara a manter-se distante, pois a relação entre ambos estava bastante tumultuada. Mas Ney queria pôr tudo em pratos limpos. Não era justo que Nilson esbanjasse os bens que seus pais haviam suado muito para manter. Precisava ouvir da boca do próprio irmão o que ocorrera. Acreditava que, se não se aproximasse dele naquele momento, o relacionamento entre ambos ficaria ainda mais complicado.

Ney dirigia pelo centro da cidade quando viu seu irmão entrar no banco. Decidido a ter uma conversa esclarecedora, sentou-se na praça e esperou pacientemente que ele saísse. Ao sair, Nilson passou ao largo, disfarçando como se não o tivesse visto. Ney chamou-o repetidas vezes, mas o mano não se dava conta, então gritou:

– Se não falar comigo, vai ter que falar com nossa irmã!

Nilson estacou:

– Como é que é? Enlouqueceu de vez? – perguntou.

– Não, em casa o louco não sou eu – respondeu de imediato.

– Que novidade é essa agora?

– Depois da novidade de você ter perdido o dinheiro no jogo, apareceu uma irmã. Por parte de pai, com reconhecimento de paternidade e tudo!

– Você tá querendo dizer que nosso pai teve uma filha fora do casamento e...

– É óbvio. Ela me procurou.

– Então isso quer dizer...

– Quer dizer que existe mais uma herdeira e você vai ter que arcar com mais esse compromisso.

– Só podia ser notícia ruim, vindo de sua parte...

– O fato de termos uma irmã não é uma notícia ruim, pelo menos para mim. Para você, com suas trapalhadas, certamente que é...

– Não acredito que o papai ia fazer uma palhaçada dessas com minha mãe...

– Acredite ou não, ele fez. E está feito. A nossa irmã não tem culpa de nada... Somos seus irmãos e devemos o nosso respeito a ela. Acho que é uma boa pessoa. Você a conhece, é a Lígia, filha dos meeiros que trabalharam no sítio por anos.

- Lígia, minha irmã, era só o que me faltava!

- Então você vai pensando como se safar dessa situação. Quando éramos só dois, eu poderia ficar com a metade que ainda não recebemos. Agora somos três. Tenha juízo pelo menos uma vez na vida!

Nilson, sem se despedir do irmão, seguiu calado. Ia pensando que só lhe faltava essa, e agora, o que ia fazer? Acabara de retirar um extrato bancário e seu saldo estava negativo.

PARTE III

LIGANDO OS FIOS DA MEADA

Capítulo XXV

TINO COMERCIAL E JUSTIÇA

SOLANGE, ALÉM DE COZINHAR muito bem, tinha tino para os negócios. Adquirira experiência, nessa área, em encarnações passadas, principalmente naquela em que fora madame Vivi. Seus quitutes faziam sucesso e não demorou para que contratasse quatro funcionárias. Mesmo assim, não estava dando conta do serviço. Abrira uma rotisseria no bairro onde morava, e planejava inaugurar uma outra no centro da cidade.

Mas as responsabilidades começaram a pesar demasiadamente sobre os seus ombros. Nilson estava desempregado e precisava arranjar algum trabalho. Porém, não o queria por perto. Os dois se desentendiam frequentemente e ela queria trabalhar em paz. Eis o motivo de querer abrir uma filial, iria despachá-lo para lá. O problema é que não confiava no marido, em relação às finanças. Sua atração pelo jogo a preocupava, temia que ele aprontasse uma vez mais. Foi quando lhe surgiu a ideia de arranjar uma sócia. Sentia muita falta de alguém com quem pudesse compartilhar os problemas e encontrar soluções.

Como você pôde perceber, Solange estava muito mudada. No passado, fora uma mulher ambiciosa, que explorava outras mulheres como meio de vida, arrancava, também, o último tostão de certos clientes, vendendo-lhes bebida e incentivando-os à jogatina. Naquele tempo, adquirira débitos pesados e alguns inimigos. Depois que desencarnou, passou muito aperto. Sofreu ásperas cobranças por parte das pessoas a quem prejudicara. Passou um bom tempo enrodilhada nas malhas escuras da consciência culpada.

Porém, o sofrimento é um ferrete que nos empurra para a frente. Num lapso de arrependimento compreendeu a sua triste situação. Então, orou com fervor, pedindo o perdão ao Pai do Céu. Selou, naquela ocasião, um decreto de fidelidade e respeito às leis do Criador. Mesmo depois de reencarnada e nos momentos de crise, manteve uma fé inabalável no Pai Celestial.

Fazia parte de seu plano reencarnatório o casamento com Nilson. Precisava ajudá-lo a deixar o vício do jogo, uma vez que ele, quando era Serapião, fora iniciado no jogo nas mesas de sua casa de mulheres. Ganhara muito dinheiro e ostentara muito luxo às custas dele... Chegara o tempo de remir certos débitos.

A imaturidade do marido a incomodava, mas mesmo assim, lutava com todas as forças para reeducá-lo, pois se sentia responsável por ele.

Solange, nos momentos cruciais ou de decisão, orava com fervor e sempre recebia respostas do Alto. Querendo encontrar uma sócia correta, que a ajudasse nas difíceis tarefas de manufatura e administração, orou pedindo ajuda. De repente, sentiu um torpor e adormeceu. Sonhou com Alberta. A nobre senhora abraçou-a amorosamente e lhe disse ao ouvido: "há uma pessoa que devemos acolher no seio da família, querida..."

Solange encontrava-se num estado intermediário entre o sono e a vigília, mesmo assim pôde perceber um sopro sutil no ouvido: Lígia.

"Lígia, oh sim!" pensou Solange, agora mais desperta. Apresentava-se ali uma excelente oportunidade. A moça deveria ser reconhecida como membro da família. Não bastasse isso, tinham uma dívida para com ela. Se a cunhada concordasse, além de ser integrada ao seio familiar, poderiam desfazer a situação vexatória, provocada por Nilson, quando perdeu no jogo parte da herança dos irmãos. Resolveu procurá-la e fazer-lhe uma oferta.

Capítulo XXVI

APARANDO AS ARESTAS

SOLANGE PROPÔS SOCIEDADE À Lígia. Investiria um capital correspondente a dois terços do preço do sítio, no novo negócio. Assim, honraria o pagamento a que Lígia, como herdeira, fazia jus.

A moça não titubeou. Há tempos desejava trabalhar, não estava em condições de negar semelhante ajuda e sabia que, de outra forma, seria difícil receber a sua parte na herança.

Como nada é perfeito, só uma exigência de Solange a incomodava: trabalhar diretamente com Nilson. Quando ele visitava o sítio, ainda criança, os dois não se davam bem e se evitavam. Além disso, sabia que ele era dado a excessos, mas algo lhe dizia que ela tinha que tentar. Solange lhe pediu que fosse firme com o marido, não lhe desse facilidades. E como podemos deduzir, o relacionamento dos irmãos, pelo menos inicialmente, não parecia ser dos melhores.

Lígia fora inserida na família com o objetivo de se aproximar e extinguir rancores passados referentes ao meio-irmão. A princípio seria a terceira filha de dona Alberta, mas as circunstâncias não eram favoráveis. Então houve uma mudança nos planos e a moça acabou se encarnando muito próximo a eles.

Mas que rancores passados eram esses? Lígia fora Armando, em outra encarnação. O mesmo que, ao ser flagrado com Rosina, foi espancado por Serapião, agora Nilson. Armando sofreu meses de cama, conseguiu recuperar-se, mas com sequelas. Aguentou forte dor de cabeça pelo resto de sua vida.

No passado Nilson, como Jussara, sofrera horrível queda e amargara semelhante dor, mas ainda restava a necessidade de convivência, perdão e criação de vínculos amorosos entre essas duas criaturas.

De início mal se olhavam e só falavam o essencial, mas a necessidade os impelia a ficarem cada vez mais próximos.

Nilson pensava que não gostava da sócia por considerá-la uma intrusa na família. Não aceitava que Solange o constrangesse a ponto de aguentar o constante contato com aquela que se dizia sua irmã. Mas a vida não estava fácil, entregara currículos por toda cidade e não recebera respostas animadoras.

Lígia não gostava, em seu sócio, da mania de se fazer de vítima, por causa do acidente sofrido na infância. Considerava-o uma criança crescida, imatura e teimosa.

Mas, o tempo funciona como uma borracha que vai

apagando lentamente todas as coisas e, muitas vezes, o passado se torna uma vaga lembrança. Assim, o relacionamento de Lígia e Nilson tornou-se mais agradável, estabelecendo até certo afeto entre ambos.

Porém, o tempo não opera milagres e não consegue apagar aquilo que alimentamos. Apesar de Nilson ter se aproximado da irmã, o mesmo não aconteceu em relação ao seu irmão-gêmeo Ney. Uma surda e pertinaz revolta permaneceu em seu coração. Culpava-o por ter se tornado deficiente e por todas as consequências desagradáveis que ocorriam em sua vida... Na verdade, sua aversão pelo irmão vinha de uma raiva antiga. Da época em que Ney fora chamado Sem Nome e lhe roubara o carinho da única mulher que amara perdidamente.

Capítulo XXVII

CONECTANDO PESSOAS

A MENINA JUSSARA, AO desencarnar, foi prontamente atendida no plano espiritual e internada numa instituição destinada ao atendimento de crianças. Passou por vários tratamentos, inclusive o de reconstituição da face. A princípio, ficava isolada dos demais assistidos. Seu gênio agressivo eclodiu novamente, mas era preciso que assim fosse. Aquele espírito precisava se manifestar de qualquer modo, uma vez que experimentara a impossibilidade de expressão enquanto esteve aprisionado naquele corpo, que não lhe permitia a comunicação.

Já falamos anteriormente de um outro personagem. Trata-se do senhor Souza Mattos, espírito de elevada posição, vinha frequentemente visitar a sua pupila. Esse senhor fora o sogro de Serapião, sendo amigo do Imperador na época.

É do conhecimento de todos que, no plano espiritual,

uma das coisas mais valorizadas é o merecimento. Os mais devotados trabalhadores sempre têm a prerrogativa de interceder por seus tutelados. E foi o que o senhor Souza Mattos fez. Analisando o perfil de sua protegida e a trajetória dela naquele plano, decidiu que o melhor seria interná-la na carne novamente. Acreditava que um novo corpo daria a ela oportunidade de maior desenvolvimento afetivo e a possibilidade de saldar velhos débitos. Foi traçado, então um plano para a reencarnação daquela entidade. Iria renascer como filho de Veridiana, agora Alberta, e sob sua tutela deveriam reunir-se os desafetos para o necessário reajuste.

Jussara permanecera alguns anos naquela instituição, mas não se afinizara com nenhuma de suas cuidadoras, ainda que recebesse atenção especial por parte delas. Não havendo mais razão para a sua presença ali, chegou a hora de encaminhá-la a outras paragens. E é óbvio que o seu protetor foi avisado.

Plano traçado, foram convidadas e ouvidas algumas pessoas de quem você já ouviu falar: Dona Veridiana, Aristarco, Ivo, Madalena, Armando e Vivi. Desta vez, o velho espírito Serapião ia gozar de maior liberdade, mas precisava saber esperar e preparar-se, pois a pessoa, uma vez internada na carne, se esquece dos compromissos firmados no plano espiritual. Deveria exercitar um pouco de paciência.

É lógico que um plano reencarnatório abrange muitíssimos pontos a serem observados, mas vamos relatar de uma forma resumida do que se tratava.

Primeiramente nasceriam Aristarco e dona Veridiana, que deveriam se casar. Dona Veridiana seria a mãe afetuosa daquele que fora seu impulsivo esposo. Como Alberta, herdaria as terras que ela gentilmente doara, no passado, a seus fiéis companheiros Ivo e Madalena, de quem agora seria bisneta.

Aristarco provocara a morte de Serapião, por esse motivo, agora pai, devia restituí-lo à vida e dar-lhe uma educação esmerada, dissolvendo entre ambos as mágoas, rancores e desejo de vingança. Eis o nosso personagem Aloísio.

Vinte e cinco anos passariam. Esse casal teria três filhos: Ivo, Serapião (ou Jussara) e Armando.

Ivo que, também no passado, foi acolhido por Serapião quando mais precisava, deveria vir como seu irmão gêmeo, numa relação estreita de amizade e apoio moral. Em seu plano, casaria novamente com a sua amada Madalena, formando o casal Ney e Telma.

Armando, que sofrera graves lesões, pelas mãos do ciumento Serapião, reencarnaria outra vez como filha do mesmo pai, agora Lígia, recebendo o respaldo para se harmonizar com aquele que tanto a prejudicara.

Serapião ou Jussara, viria como Nilson. Desta vez o que pesava em sua trajetória terrena era a lesão que imprimira em Rosina, ao deixá-la praticamente aleijada, pelo resto daquela encarnação. Constava ainda que deveria casar-se com Vivi, cuja pessoa, não poucas vezes, o explorou e compartilhou da viciação relativa ao sexo e ao jogo. Agora redimida, Solange deveria ajudá-lo a abandonar os desregramentos e amealhar novos valores no bem.

E Rosina? Não entraria neste plano reencarnatório, porque poderia interferir negativamente nos resultados. Mais tarde, teria seu próprio plano para internação na carne. Perdoem a comparação, mas ela podia ser considerada uma bomba, que deveria ser detonada num campo aberto, a fim de não atingir pessoas inocentes.

Naquele momento, achava-se desencarnada, em algum lugar obscuro da vida. Mergulhara na mais profunda abjeção. Atormentada por entidades cujas vidas foram desviadas do bem, urrava dementada e se fazia surda aos apelos dos amigos da luz.

Como ninguém está legado ao abandono, era acompanhada de perto por espíritos interessados no seu resgate. Mas, quando tentavam qualquer aproximação, ela reagia violentamente. Então aguardavam, pacientemente, que ela apresentasse o mínimo arrependimento e condições para poderem agir.

Capítulo XXVIII

AINDA SEM RESPOSTAS

VOLTEMOS NA SEGUNDA PARTE desta história. Vamos rememorar... Nilson estava hospitalizado no plano espiritual e, ao se lembrar do irmão, teve uma recaída. Encontrou-se, subitamente, numa região nevoenta povoada por criaturas agressivas. Tremendo de medo, refugiou-se entre duas pedras e rogou a proteção de Alberta, sua mãe. Ela estava ao seu lado, mas ele não conseguia vê-la, tal era a diferença do padrão vibratório de ambos.

Alberta começou a cantar uma canção de ninar. Uma melodia suave que cantava para os filhos dormirem quando pequenos. Apesar de não ouvir a canção, Nilson lembrou-se dos tempos de infância, dos braços de sua mãe. A voz de Alberta foi envolvendo o filho com carinho. Suave torpor apoderou-se dele e ele dormiu. Já podia ser transferido para o hospital, aonde deveria concluir seu tratamento.

Fazia já seis meses que Nilson estava internado. Sentia-se forte, mas não o suficiente para encarar uma mudança na vida. Os seus instrutores o aconselharam a ler determinados livros, cujo conteúdo ser-lhe-ia muito útil doravante.

A manhã estava fresca. Nilson resolveu ir até a janela. Dali, podia ver extenso jardim, onde os internos gozavam terapias de refazimento. Para sua surpresa, avistou uma mulher que muito se parecia com sua mãe. Ela estava de costas e, assim que virou, Nilson levou um susto. Certamente aquela mulher era Alberta e seu interlocutor era ele mesmo? Como poderia estar em dois lugares ao mesmo tempo?

Apesar das advertências de que não deveria sair do quarto senão acompanhado, Nilson não resistiu. Mas antes que chegasse ao térreo, uma enfermeira o interceptou:

- Sabe que não pode andar desacompanhado por aí. Vamos voltar para o seu quarto.

- Sei, mas acabei de ver a minha mãe. Faz muito tempo que estou aqui e não me encontrei com ela, ainda...

- Tenha paciência, vai chegar a hora em que deve encontrá-la.

- Mas ela está logo ali... Conversando com uma pessoa que parece ser eu mesmo!

- É o seu irmão. Ney desencarnou há poucas semanas. Também está se refazendo aqui no hospital! Por enquanto, não é bom que vocês se encontrem! Por ter feito a passagem recente, ele ainda precisa de algum preparo.

Nilson ficou muito irritado. Sua mãe não viera nem

visitá-lo, por que tratava pessoalmente do irmão? O outro era melhor que ele, tinha mais merecimento?

A enfermeira percebeu o estado emocional do paciente. Então, com muito tato, conduziu-o de volta ao quarto e o aconselhou:

- Você sabe que não pode ficar exasperado assim. Isso pode desequilibrá-lo e gerar uma violenta crise... você não quer voltar para aquela região onde passou cinco anos, não é verdade? Acalme-se e dê tempo ao tempo...

- Então eu fiquei amargando cinco anos no umbral e meu irmão desencarnou e veio direto para cá? Pode me explicar o porquê dessa diferença? Por acaso ele é mais filho de Deus do que eu?

- Digamos que ele soube aproveitar melhor a vida. Jesus já dizia que a cada um será dado segundo as suas obras. Acalme-se e tenha paciência. Em poucos dias você receberá respostas às suas indagações...

Capítulo XXIX

REUNIÃO DE FAMÍLIA

DIAS DEPOIS, A MESMA enfermeira veio buscar Nilson. Ele deveria participar de uma reunião.

– Chegou o grande dia, amigo! Hoje você terá as respostas que tanto deseja...

Nilson seguiu-a curioso e eufórico.

Logo adentraram uma sala aonde havia uma grande tela para projeção de imagens. Ali já se encontravam Alberta, Aristarco, Ney e Souza Mattos. Nilson foi conduzido, de modo que se sentasse em frente ao telão. Quis protestar a presença de Aristarco, mas o senhor Souza pediu que ele ficasse em silêncio e se concentrasse. A seguir, ministrou-lhe passes em torno da cabeça. Esse procedimento mexeu com algo no cérebro de Nilson. Seu pensamento tornou-se muito ágil e pareceu entrar em outra linha de tempo. As imagens, que brotavam em sua memória, eram vívidas e não havia como contestá-

-las. O telão iluminou-se e as imagens começaram a ser projetadas.

Nilson tomara as feições e a personalidade de Serapião. Sentiu enorme desejo de dominação a qualquer custo. Presenciou os maus-tratos impingidos aos empregados, cenas em que blefou na política, ocasiões em que usurpou pessoas humildes e se locupletou nas viciações.

A revelação foi muito impactante, pois Nilson se considerava frouxo e tímido. Porém, de tudo o que viu, duas projeções mais o chocaram, no que diz respeito a Armando e Rosina.

Aristarco foi chamado e sua memória dilatada para consulta. Souza Mattos pediu que ele se lembrasse do sofrimento de seu filho Armando, em decorrência da surra que levara. O homem se lembrou do momento em que retirou o seu filho do bordel, de seu desespero ao verificar que o moço tivera traumatismo craniano e todo o sofrimento de uma recuperação que se arrastou lenta. Ao ver seu filho, naquelas condições, desesperado, jurou que se vingaria, até que surgiu a oportunidade de contratar o matador de aluguel. Mas seu coração não se aquietou, pelo contrário, continuou sangrando ainda mais. Além da tragédia na família, passou a sentir-se um réprobo. Pesava-lhe na consciência o fato de ser o mandante do assassinato de Serapião. Muito sofreu por isso, só sendo aliviado anos depois, quando se comprometeu a ser o pai daquele que mandara matar, para que juntos pudessem se reabilitar perante as Leis da Vida.

A outra projeção partiu do próprio Nilson. Souza

Mattos induziu-o a se lembrar de Rosina. Apareceu na tela a menina magrinha, de pernas compridas e olhos sonhadores. Reviu os abusos noturnos que infLígia a ela, a cumplicidade entre ambos, o flagrante da traição e o espancamento.

Cumpre lembrar que Serapião quando estava encolerizado, parecia ficar cego. Não se lembrava dos rastros de sangue e violência que deixava atrás de si. Foi por isso que Nilson ficou tão chocado com as consequências de sua intemperança...

Ney também foi chamado e sua memória consultada em relação à aparência física de Rosina. Projetou-se, na tela, a face desfigurada e a perna claudicante da mulher ainda jovem.

Ao presenciar as lembranças referentes a Rosina, Nilson se lembrou daquela que o envolvera no umbral. Sabia que a conhecia de algum lugar, só não sabia quão estreita fora a relação de ambos. Sem querer, associou-a àquela encarnação que fora Jussara. Também tivera o rosto marcado e a impossibilidade de se defender perante o tio violador. Compreendeu que expiara, mas não tudo. Na última encarnação sofrera o acidente na perna. Lembrou-se da enfermeira que lhe disse: "a cada um será dado segundo as suas obras". Envergonhou-se. Sempre atribuíra a sua infelicidade ao irmão. Nunca admitira que fosse o único responsável pelos próprios deslizes.

Entendeu que não fora à toa que permanecera cinco anos nas regiões purgatoriais. Arrependido, começou a se perguntar: "agora que conhecia a verdade, que seria dele dali para a frente? Não era a vítima que julgava ser. Também não era quem julgava ser... O que estaria reservado para o seu triste futuro?"

Souza Mattos pediu a atenção de todos e revelou o verdadeiro motivo da reunião: o resgate e o encaminhamento de Rosina.

Nilson suspirou aliviado ao perceber que tiraram o foco sobre a sua pessoa.

Capítulo XXX

PERSEGUIÇÃO ACIRRADA

JÁ DISSEMOS QUE O tempo funciona como uma borracha que, ao passar, vai apagando todas as nossa mágoas, dissabores, perdas... Porém, se alimentamos essas emoções, se as reavivamos em nosso dia a dia, é possível que elas cresçam e se tornem verdadeiras chagas vivas, difíceis de curar. Foi o que aconteceu com Rosina. Irredutível no desejo de vingança contra as pessoas que colaboraram com a sua bancarrota espiritual, movimentava-se entre os seus desafetos, inspirando-os ao abismo e atormentando-lhes a já difícil existência.

Como você pôde verificar, as outras personagens passaram por outras encarnações, experimentando mudanças salutares em seu caminho evolutivo. Ela não, esgueirou-se o quanto pôde e permaneceu endurecida e revoltada.

Vamos encontrá-la numa casinha, caindo aos pedaços. Ali moram Ana e Jorge. Não dá para entender essa união, uma vez que seus gênios são incompatíveis. Além das brigas constantes, passam por enormes dificuldades financeiras, o que só piora o relacionamento. Estão desempregados e Jorge cedeu ao álcool. Ana passou a ter dores na perna e mal consegue ficar em pé.

Se um deles tivesse vidência, entenderia parte do que estava acontecendo. Uma mulher desencarnada, de aparência desagradável, com o rosto desfigurado, manca, os assedia constantemente. Incita-os, pressiona-os, constrange-os. É Rosina que se vinga de dona Mariana e senhor Sebastião, seus antigos pais, agora encarnados.

– Dois ou três anos e ele enjoa, não é mamãe? Depois você fica livre! Contemple a minha liberdade, não pareço uma beleza, mamãe? A perna dói, não é? E a consciência, não dói também?

Ana sentiu-se mal, seus ouvidos zuniam e parecia que ia ficar louca. Então Rosina gargalhava.

– E você, papai, não quer vender de novo a sua cabrita? Está esperando quem vai dar mais por ela? Cabrita à venda, quem quer comprar!!! Não está com a garganta seca, não quer um gole? Olha, o corote, está logo ali – e gargalhava novamente.

– E aí, mamãe? Não tem o que pôr na panela? Sempre na miséria, hein, mamãe? Dá um chute no traseiro desse inútil, que só sabe beber pinga!

Quando dormiam, a coisa piorava. Logo que pegavam no sono, tinham horríveis pesadelos ou sofriam perseguição acirrada. Estavam exauridos, sem forças para resistir às dificuldades por que passavam. Do outro lado da vida, Rosina exultava, pois a sua perseguição deixava-os incapacitados de defesa perante sua investida cruel.

Capítulo XXXI

NOVOS PLANOS

SOUZA MATTOS CHAMOU NILSON para conhecer os seus futuros pais. Explicou-lhe que, normalmente, as pessoas passam muitas décadas na erraticidade. Mas, há casos excepcionais. No caso dele, esse seria o seu terceiro mergulho na carne em cento e cinquenta anos.

Nasceria numa família paupérrima, enfrentaria a luta difícil pela sobrevivência e, ainda muito jovem, seria o esteio de uma irmãzinha muito doente. Esta, manifestaria muitas mazelas no frágil corpinho. Tendo o perispírito vincado pela má vida, que escolhera anteriormente, vinha purgar uma parcela de suas dívidas.

– Sei que tenho errado muito, instrutor. Estou sinceramente arrependido dos meus atos tresloucados do passado... mas por que eu? Será castigo? O senhor há de admitir que já é extremamente penoso viver na miséria e ainda ter que ser responsável por uma criança doente?

- É isso mesmo, Nilson. Acontece que a criança doente é uma velha conhecida sua. Você a arrancou dos cuidados paternos quando entrava na adolescência. Depois de saciar seus desejos carnais, atirou-a ao meretrício e, finalmente, marcou-a na face e na perna.

- É Rosina?

- Exatamente. Você tem dívidas para com outras meninas, mas agora não é o caso.

- E como ser o "anjo da guarda" de uma pessoa que prejudiquei tanto? Ela vai me repelir, me odiar - protestou Nilson.

- Com certeza não vai nutrir muita simpatia por você, mas a necessidade vai fazê-la mais dócil - informou o instrutor. - O que nos importa, no momento, é o resgate dela. Precisamos prepará-la, pois não está em condições de receber um corpo físico... Vocês terão sete anos de diferença, tempo suficiente para você assumir os cuidados de que ela necessitará.

- Você disse que vou conhecer nossos pais... e por que eles não assumiriam a responsabilidade da própria filha? É justo que o irmão tenha que assumir?

- Vão assumir até certo ponto, Nilson. Eles foram os pais de Rosina e arcarão com as responsabilidades de terem entregado a filha nas mãos de um malfeitor. Sabiam o que estava reservado a ela. É certo que fizeram isso por medo, mas pelo menos poderiam procurar uma outra solução. Porém, no caso em questão, o malfeitor é você...

"Hoje à noite, vamos visitar a casa de Ana e Jorge. Conversaremos com o casal sobre a necessidade de recebê-los como filhos. Rosina permanece ao lado deles, atormentando-os. Cabe a você atraí-la, retirá-la de lá, para colocá-la num terreno neutro."

- Não tenho a menor ideia de como fazer isso...

- É preciso provocá-la, fazer com que reaja. Mostre o seu melhor, que está bem-humorado e disposto. Fale com calma, sorria... Com certeza ela vai querer estragar a sua tranquilidade e o acompanhará para onde você for.

Capítulo XXXII

ATRAÇÃO IRRESISTÍVEL

ERAM ONZE E MEIA quando penetraram o casebre. Ana e Jorge já estavam deitados, mas ainda não dormiam. Rosina aguardava que dormissem e se desligassem parcialmente do corpo físico. Tencionava submetê-los a mais uma noite de tortura.

Nilson chegou cumprimentando-a alegremente:

– Olá, Rosina, quanto tempo, hein?

– Que vejo? Um fantasma? – ela ironizou.

– Fantasma bem ajeitado, não acha?

– Que foi que aconteceu? Virou a casaca?

– Sim. Mudei de lado... E afirmo que a casaca deste lado é bem melhor...

Rosina não estava gostando. Como podia aquela criatura estar tão bem? Pregava-lhe uma peça? O que viera fazer ali? Até pouco tempo era um bobalhão fácil de manipular...

Souza Mattos, que se achava invisível, por manter frequência vibratória diferente dos demais, entrou em cena, soprando no ouvido dela:

– Bobalhão fácil de manipular... Se você forçar mais um pouco ele cede... lembra do dia que perdeu no jogo?

Rosina achava que esse era o seu pensamento. "Bobalhão! Esse maldito não merece se sentir bem... se forçar um pouco, ele cede...Lembro do dia que o fiz perder no jogo..."

– E quem vai acabar com a alegria dele? – soprava Souza Mattos.

"Acabar com a alegria dele, ah! se vou!" – pensava Rosina.

Nilson insistia:

– E então, Rosina, vamos mudar de casa, de vida? Para bem melhor, eu garanto.

– Desapareça daqui, desgraçado! Se aparecer de novo vai ver... tenho amigos que dariam tudo para esganá-lo – e desfiou um monte de palavrões.

– Então já vou indo... Que pena que você não aproveitou a oportunidade... se mudar de ideia, é só me chamar...

Nilson virou as costas e já ia saindo. Lembrou-se do tempo em que fora um moleque encrenqueiro e rematou:

– Não se incomoda que eu viva no bem bom? – gargalhou. – E você? Ah! Tem gente que nasceu para se danar... Sempre morando numa pocilga!

Ela logo reagiu. Não. Não ia deixá-lo sassaricando por aí. Ele ia ver com quantos paus se faz uma canoa! Ia torturá-lo, até que estivesse de volta ao fundo do poço, de onde não deveria ter saído! Disfarçadamente, o seguiu à distância. Tinha sede de vingança.

Souza Mattos também saiu da casa e fez um sinal para alguns amigos que esperavam do outro lado da rua. Já podiam entrar em ação.

Rosina sentiu um zumbido nos ouvidos e uma força desconhecida a transportou. Tentou, mas não conseguiu resistir, parecia sugada por um enorme aspirador. De repente, ainda meio atordoada, viu-se no meio de uma porção de entidades parecidas com ela. Estavam sujas, descabeladas e tinham na face fortes impressões de sofrimento e escárnio. Várias faixas luminosas se estendiam, isolando-as das demais pessoas que provavelmente eram trabalhadores daquele lugar. Onde estaria?

- Alguém sabe onde estamos? - perguntou.

Uma voz respondeu:

- Já estive aqui uma vez, é um centro espírita!

Rosina jogou-se contra uma barreira na tentativa de fugir dali, mas logo entendeu que eram faixas de contenção, e eram intransponíveis.

Capítulo XXXIII

DIÁLOGO E ESCLARECIMENTO

DOIS DIAS DEPOIS, LIBERARAM a faixa de contenção e, quem estava ali, teve acesso a outro espaço. Era dia de reunião mediúnica.

Depois das 19h30, os trabalhadores começaram a chegar. Rosina estava impaciente, ouvira um comentário de que os que estavam ali iriam se comunicar. Na verdade, ela queria arranjar um jeito de dar o fora. Ia falar qualquer coisa, concordar com tudo o que dissessem, depois iria embora.

A reunião começou às 20h00 em ponto. Depois da prece inicial, um dos trabalhadores fez a leitura de um tópico de *O Livro dos Espíritos* e todos comentaram. Em seguida, passaram à leitura de um trecho de *O Evangelho segundo o Espiritismo*, também comentaram. Deram, então, início à reunião propriamente dita.

Rosina foi atraída por Gabriel, um médium bem jovem. Deveria manifestar-se por intermédio dele. Sabia que não seria difícil. Não foram poucas as vezes em que se aproximara de encarnados e lhes transmitira seus pensamentos e vontades. Com certeza conseguiria enganar aqueles médiuns.

Souza Mattos também estava presente, mas poucos podiam enxergá-lo, por causa da frequência em que ele se mantinha. Ele se aproximou do senhor Paulo, que era dialogador, e passou a inspirá-lo.

Chegou a vez de Rosina e ela se manifestou educadamente. Disse que não sabia por que estava ali, que ultimamente andava meio confusa, que queria voltar para a sua casa e que seus familiares deviam estar achando falta dela. Deixaram-na falar o que queria. Minutos depois veio a pergunta: então, agora posso ir para a minha casa, junto aos meus familiares?

Senhor Paulo, sendo assessorado por Souza Mattos, entrou em ação:

– Sinto muito, minha irmã. Você não pode voltar para casa. Sob a sua má influência, seu pai passou a beber demais e contraiu uma doença no fígado. Já chegou no seu limite, e você não pode mais voltar para lá.

– Que diz? Oh! Meu Deus! Quanta injustiça! Quem é capaz de me acusar de um crime contra uma pessoa que só me fez o bem?

– Não use o nome de Deus em vão.

E Rosina prosseguiu com um discurso de vítima, sempre jurando a inocência, que havia perdido há muito tempo... Depois de muito diálogo, o dialogador, assessorado por Souza Mattos, foi incisivo:

- Trouxemos você aqui para esclarecê-la. Estamos passando por momentos decisivos no planeta. Você já ouviu falar sobre a parábola do joio e do trigo? E que os mansos herdarão a Terra? Jesus nos alertou que haveria uma separação, que só as pessoas que estivessem dispostas a se regenerar permaneceriam no planeta, essas representam o trigo. As demais, o joio, serão encaminhadas a planetas em situação inferior, encarnarão em corpos mais grosseiros e em ambientes hostis...

- Mas então, está tudo bem para quem é inocente? - disfarçou Rosina.

- Sim, para os inocentes. Mas para você, o melhor é reencarnar e ir se livrando de certo débitos...

- Eu sou uma vítima! Você não conhece a minha história!

- Você fez coisas terríveis numa encarnação anterior! Passou por tudo o que tinha que passar. Digamos que pôde se considerar vítima até o dia em que recebeu aquele dinheiro da dona Veridiana...

- Como sabe do dinheiro da dona Veridiana? Tem algum bruxo aqui? - Rosina retrucou irritada.

- Não. Temos os registros dos acontecimentos. Sabemos também o que fez para uma tal senhora, que você tirou a vida e se apropriou de seus bens...

- Isto aqui é um tribunal? Vocês vão me condenar?

- Nada disso. Esta é uma casa onde se trabalha em nome de Jesus. O Mestre não condena ninguém, muito pelo contrário, acolhe os que se arrependem de verdade e que estão dispostos a se emendar.

Rosina tinha calado a consciência há muito tempo. Depois daquela noite em que sufocara a madame, um sentimento inconveniente passou a incomodá-la. Como não queria lembrar do fato desagradável, nunca mais se permitiu lembrar, tanto fez que esqueceu. E agora vinham aquelas pessoas apontando seu erro, dizendo que estava tudo registrado! Estava sentada ali e todos sabiam que era uma assassina! Com certeza iam prendê-la, castigá-la! Entrou em pânico.

Nesse momento, apareceu a preta velha Bastiana. Rosina, ao vê-la, caiu numa crise convulsiva de choro. A antiga curandeira, que salvara a sua vida, enlaçou-a em seus braços;

– Mãe Bastiana, vai cuidar de você, viu filhinha? Nós vamos curar essa cara, dessa vez vai ficar bonita de novo. E vamos endireitar a perna que curou torta, né filha? Mas a filha tem que ajudar... deixar de fazer coisa ruim, ser agradecida ao mestre senhor Jesus.

A velha dava passes magnéticos em Rosina, enquanto falava. A comunicante sentia-se confortável. Mediante tanto afeto, foi se sentindo leve, sonolenta e se deixou levar nos braços da sua benfeitora.

Rosina ficaria internada em outra instituição. Carecia de tratamento e muito preparo para mergulhar na materialidade novamente.

Capítulo XXXIV

ONTEM CARVÃO, HOJE DIAMANTES

DEPOIS QUE ROSINA FOI afastada, o ambiente da casa de Ana melhorou muito. Jorge diminuiu a bebida e começou a fazer pequenos biscates. Ana sarou da dor na perna e começou a fazer algumas faxinas. A calmaria era propícia à novidade. Então, como fora programado, Ana engravidou. Teria Nilson como seu primeiro filho.

O menino nasceu bastante saudável. Apesar da robustez, era bastante irritadiço. Hélio chorava muito, principalmente à noite. Jorge, então, começou a se sentir incomodado pelo filho. Achava que o pequeno era chorão e lhe tirava o sossego. Mas não era bem isso. Jorge foi desenvolvendo forte aversão pela criança, algo no seu inconsciente o alertava que ali se encontrava um inimigo. Parecia adivinhar a presença do seu desafeto Serapião.

Ana, ao contrário, se desdobrava nos cuidados com o garoto. Sabia que não podia deixá-lo na guarda do pai, pois este o maltratava. Então começou levá-lo à casa de suas patroas. Algumas não gostaram da presença da criança e dispensaram seus serviços. Mas Ana permaneceu firme, trabalhando semanalmente em duas casas: uma da dona Anita e outra de dona Solange.

Assim, o tempo foi passando. Depois de sete anos, Hélio já estava na escola. Tudo caminhava razoavelmente bem, apesar da rejeição que o pai tinha pelo próprio filho. Mas, para surpresa do casal, Ana engravidou novamente. Depois de nove meses de complicações, com a saúde alterada, Ana deu à luz uma menina, que se chamou Heliane. Esta, diferentemente do irmão, nasceu com baixo peso, desnutrida.

Com o passar dos meses, Heliane contraía resfriados e gripes sucessivamente. Aos onze meses, teve pneumonia. A partir de então, a sua saúde tornou-se ainda mais precária. Passou a ter bronquite crônica.

Jorge tinha verdadeira paixão pela filhinha. Mas o seu estado de saúde não lhe permitia cuidar dela. Pouco saía da cama, sua barriga começou a inchar muito. Não tinha apetite e ânimo. Seu fígado estava totalmente comprometido.

Ana desdobrava-se com os serviços da casa e de fora, mal dava conta do recado. Durante a noite, a menina tinha crises de tosse. Hélio passou a enfrentar noites insones para poupar a mãe. Quando Heliane apresentava os chiados no peito e os lábios ficavam roxos, por falta de oxigênio, Hélio fazia uso da bombinha, que o médico do Posto de Saúde receitara, para quando ela estivesse em crise. E essas crises foram ficando cada vez mais frequentes.

Heliane, como você deve saber, era Rosina reencarnada. Apesar de mergulhada no esquecimento da carne, era agressiva com os familiares, principalmente com Hélio. Mesmo depois de passar mal e ser aliviada pelo irmão, mordia-o e dava-lhe chutes. Hélio, pacientemente, a continha e não revidava.

Jorge veio a falecer. Após a morte do marido, Ana entrou numa depressão profunda. Não cuidava nem de si mesma e os filhos começaram a passar maiores necessidades. Viviam sujinhos e famintos, sendo alimentados pelos vizinhos.

Como Ana abandonasse o trabalho, que fazia há anos, na casa da dona Anita, ela veio visitá-la pra saber o que estava acontecendo. E encontrou um quadro triste de se ver. Movida pela piedade, resolveu ajudá-la.

Ana estava tão fraca que precisou ser internada às pressas. Como as crianças não tivessem com quem ficar, dona Anita assumiu a guarda provisória de ambas. Certo que trabalhava fora e quase não tinha tempo, mas a sua mãe, dona Solange, se comprometeu a cuidar dos pequenos em sua ausência. Foi uma medida providencial, as crianças estavam amparadas, porque, poucos dias depois, Ana também faleceu, deixando-os órfãos.

Apesar da idade avançada, dona Solange olhava as crianças com carinho e as educava com firmeza. Algo, no fundo de sua alma, lhe dizia que conhecia aqueles pequerruchos de longa data. Há alguns anos, conhecera a doutrina espírita, então sabia que não estavam sob sua guarda por acaso. Heliane ficou mais calma. Não ousava fazer birra ou maltratar o irmão na presença da "vovó". Isto porque dona Solange exercia sobre ela uma autoridade moral incontestável.

Dois meses se passaram e, certa noite, Souza Mattos trouxe Ana para visitar os filhos que dormiam como anjinhos. Ao avistá-los tão sossegados, a mãezinha chorou. Estava fortemente entristecida por ter que deixar a filhinha tão doente aos cuidados de terceiros.

Souza Mattos abraçou-a, sorriu e disse:

- Você já viu o ditado que Deus escreve certo em linhas tortas?

- Sim, mas o que quer dizer com isso?

- São três almas em reajuste: Serapião, Vivi e Rosina. No passado, trocaram farpas, promoveram processos obsessivos, machucaram e exploraram, alheios à Lei de Justiça, Amor e Caridade ... Vivi foi a primeira que se dispôs à regeneração e hoje, em avançada idade, coopera com a educação dos dois outros.

"Serapião passou por grandes refregas, encarnações dolorosas, cheias de impedimentos. Arrependeu-se e se dispôs a auxiliar aquela que jogou no caminho da amargura. Hoje recebe com humildade os maus-tratos da irmã, pois se comprometeu a conduzi-la ao caminho do bem.

"E Rosina, dobrada pela enfermidade, expia, nas crises de dispneia, a tortura da falta de ar. Experimenta o desconforto da sensação da morte por asfixia que imprimiu à madame Vivi, movida pela ambição.

"Mas o que importa é que estão em processo regenerador... Ontem eram carvão, hoje transformam-se em diamantes..."

Fim